JN096065

ひとりでカラカサさしてゆく

江國香織
Kaori Ekuni

新潮社

ひとりでカラカサさしてゆく

装画

“Friendship”

バーラウンジにはピアノがあって、しっとりした曲が演奏されている。ブース席に腰を落着けた三人は、それぞれ飲みものを頼んだ。痩せていて背が高く、肌の浅黒い篠田完爾は八十六歳、小柄で禿頭の重森勉が八十歳で、下垂した頰がブルドッグを思わせ、ショートボブにした白髪が人目を引く宮下知佐子は八十二歳だった。三人が会うのは二か月ぶりで、その前にもそう間をあけずに会っているので、昔のようだと三人とも感じていた。どういうわけか、やすやすと昔に戻ってしまったみたいだと。実際には、誰もどこへも戻れはしないとわかっていたが。

「あのころはさ、こんな日がくるとは思わなかったわよね」

知佐子が言い、運ばれたビールで小さく乾杯の仕種をする。

「まあ、そんなことを言えば完爾さんが田舎暮しするなんて想像もできなかったし、勉ちゃんの頭がそんなにさっぱりしちゃうなんて考えもしなかったわけだけれど」

「鏡を見てごらんなさいよ、お互いさまだってわかるから」

勉が言い返す横で、あのころというのは一体いつのことだろうかと完爾は考えていた。出会ったころだろうか（そうならば、完爾は二十六歳だった）、その十年後だろうか、二十年後？　いつでもあり得た。三人はずっと仲のいい友人同士だったのだから。

「どんな状況でも酒は旨いね」

水割りにしたウイスキーをちびちびと啜りながら、勉がにやりとしてみせる。

「俺は酒にだけは裏切られたことがないよ」

あたしは、と、口にはださずに知佐子は考えた。あたしは犬にだけは裏切られたことがない、と。

きょう三人が待合せたのは東京駅から近いホテルのロビーで、それは主に新幹線でやって来る篠田完爾の利便性を考えてのことだったが、神田生れの宮下知佐子にとっては昔から馴染みのある界隈（様変りしすぎて、来るたびにまごつくとはいえ）であり、一時期だが銀座で仕事をし、周辺を遊び場にしていた重森勉にとってもまた、それなりになつかしい場所と言えた。

最初に到着したのは完爾だった。チェックインをすませ、いったん部屋にあがったものの、洗面所を使うともう他にすることもなく、約束の時間には早かったがロビーに降りた。するとそこに勉がいた。年の瀬であり、街もロビーも人でごった返していたが、二人はすぐに互いを見分けた。それは、何か決定的なことのように二人には思えた。相手を探していたから目に入ったというのではなく、探す前から自然と目に入った。まるで、自分たちとそれ以外の人間たちが、すでにはっきり隔てられているかのようだった。

約束の五時に十五分遅れてやってきた宮下知佐子もまた、すぐに旧友二人を見分けた。大きな花の飾られた台の前に、所在なげにならんで立つ男二人が目に入ったとき、りゅうとしている、と思って知佐子は嬉しくなった。知佐子の考えでは、大切なのはそれだった。りゅうとしていること。それに、男二人の顔には歴史が刻まれ、品と知性と性質のよさが滲みでていた。すくなくとも知佐子にはそう見えて、吸寄せられるように駆け寄った。

走らなくていい、走らなくて、というのが勉の思ったことで、荷物があるのか、というのが完爾の思ったことだった。ハンドバッグと呼ぶには大きすぎる鞄を知佐子が持っていたからで、しかしすぐに、荷物があって悪い理由もないのだと思い直した。

「遅くなってごめんなさい。ちょっと寄り道しちゃったものだから」

知佐子は言い、

「あったかいのね、なかは」

と続けてその場でコートを脱いだ。赤いセーターに黒いスカートという目立つ服装を、完爾も勉もいかにも知佐子らしい選択だと思ったのだが、どちらも口にはださなかった。知佐子もまた男二人の服装を素早く目に留めていた。きょうという日のための服——。勉はスーツに中折れ帽、完爾はセーターにコーデュロイ・ズボンで、どちらも知佐子のよく知る彼らの服装だった。

三人は、一九五〇年代の終りに出会った。美術系の小さな出版社にまず完爾が、数年遅れて知佐子と勉が入社したのだ。業界全体が元気なころで、日々めまぐるしく忙しかったが楽しくもあった。三人（だけではなく、他にも仲間がいたのだが、長年のあいだに一人ずつ欠けていった）は気が合って、勉強会と称して芝居や映画やコンサートにでかけたり、酒を飲みながら熱く芸術論を戦わせたりした。関係は、勉が転職しても完爾が転職しても変らなかった。ついに会社が潰れたあとも、勉強会（という名の集り）は残った。それぞれの人生上の都合で頻度の落ちる時期もあったが途切れることはなく、十年前にいきなり完爾が秋田県に移住したあとも、もはや勉強会ではなく生存確認会だと言い合いながら、連絡を絶やさずにいる。

間接照明のみのバーラウンジはひどく暗く、視力の衰えた完爾には、メニューの文字も読めなかった。

「窓の外は夜なのに、店のなかが外よりも暗いっていうのはどういうわけなんだ？」

呟くと、

「バーだもの」

と知佐子が即答した。

「暗い方がロマンティックじゃないの」

と。完爾はフードメニューを閉じる。どのみち腹は減っていなかった。

「おもての電飾があかるすぎるんだろうな」

自分の問いに自分でこたえる恰好でまた呟くと、

「きれいじゃないの、きらきらして」

と言って知佐子はにっこり微笑む。電飾にも室内の暗さにも関心のない勉は、こういう店に昔よく来たものだった、と、個人的な記憶をたぐっていた。

「あたしこの曲大好き」

知佐子が言い、ピアニストの弾くナイトアンドデイに合せて小さく歌詞を口ずさむ。

「知佐子、声は変らないな、昔から」

完爾が言った。年をとって容姿が変っても声が変らないのはおもしろいことだと思ったのだが、知佐子はそれにはこたえず、

「不思議よね、アメリカになんて一度も行ったことがないのに、こういう曲を聴くと昔のアメリカがなつかしくなるの」

と、ほとんどうっとりした表情で言う。

「行ったことがないんだから、なつかしがるなんて変なんだけど」

と、どこか恥かしそうに。完爾も勉も、それはべつに変ではないと認めた。二人とも、知佐子の言わんとすることはよくわかった。

「この曲、昔、映画のなかでフレッド・アステアが歌ってたな」

勉が言い、知佐子も完爾も同意したが、何という映画だったかは誰も思いだせなかった。

「あ、これも好き」

エヴリタイムウィーセイグッドバイだった。三人ともともとくにジャズに詳しいわけではなかったが、スタンダードなものならたいてい知っていたし、好きでもあった。それで口ずさんだり指とテーブルでリズムをとったりしながら、コール・ポーターやカウント・ベイシー、シナトラやビル・エヴァンスやトミー・フラナガンの音楽について話した。あれはいいとかよくないとか、誰のヴァージョンが上かとか、昔どこで聴いたとか。あのころ、とか、そういえば、という言葉によって話はしばしば脱線し、互いが昔言ったことやしたこと（「それは俺じゃないよ」「いや、完爾さんだよ」）、死んでしまった友人たちの、彼らを知らない人々には到底想像もつかないであろう陰影ある魅力（「あんな奴はあとにもさきにもいないね」「まだ六十代だったでしょ？　早かったわねえ、早すぎたわよ」）もまた語られ、笑ったりしんみりしたりした。

三人とも、思い出話ならいくらでもできた。おなじ時代を生きてきたのだ。気がつけば、家族とよりもながいあいだ一緒にいる。家族とほど親密な関係だったことはないにしろ、大昔にはほれたはれたに類することがまったくなかったわけでもなく、実際、完爾は知佐子が自分に思いを寄せてくれていたころのことを憶えているし、勉は知佐子と寝たことを憶えている。もちろん知佐子はその両方を憶えていた。

「よし。何か食おう」

勉が言い、片手をあげてウェイターを呼んだ。

「あらやだ。ほんとうに全然読めないわね」

メニューをひらいた知佐子が言う。

「だろ？」

完爾は笑い、知佐子の膝をぽんと叩いた。夜はまだまだながく、家に帰る必要もない。部屋は一つしか取っていないが、今夜の三人にはそれで十分なのだった。

＊

妻が黒いレースの下着（というのはつまりブラジャーとショーツ）だけを身につけた恰好で大きな象にまたがり、うしろにたくさんのオオカミを従えて街なかを行進し、沿道の僕を見おろして婉然と微笑む、という奇妙な夢をみて目をさますと、隣に妻の姿はなく、シーツと枕だけがあった。窓の外はすでに日がでていてあかるい。

妻はリビングにいた。きちんと着替えをすませ（僕はといえば、パジャマにフリースを羽織っただけだ）、スマホの画面を見ている。

「おはよう。新年おめでとう」

ゆうべ、日づけが変った瞬間に、テレビ（大晦日の時報がわりにつけるのは、テレビ東京に決めている。華々しい楽器の音がいいのだ）を観ながら乾杯し、新年の挨拶も口にしていたが、念のためにもう一度言った。

「ビール買ってきてって、ママが」

挨拶をあっさり省いて妻は言い、まるで証拠を見せる必要があるかのように、スマホをこちらに向けて掲げる。

「わかった。じゃあ買って行こう」

僕はこたえた。

シャワーを浴び、年賀状を読んでから家をでた。十分以上の昼食が用意されているとわかっていたので朝食は抜いた。晴れて静かな住宅地を歩く。僕たちの住むマンションから妻の実家までは歩いて十五分の距離だ（ビールを買えるコンビニも途中にある）。家々の門の松飾りや、戸口にぶらさがったみかんつきの飾りを眺めながら歩いた。

「今朝、へんな夢をみてさ」

歩きながら僕は妻に話した。自分でもはっきりとはわからない理由で、彼女が下着姿だったことは省いたのだが、象に乗っていたことや婉然と微笑んだこと、僕自身は沿道に立っていたことなど、思いだせる限り細かく説明した。おもしろがるかと思ったのだが、妻

の反応はひとこと、

「職業病」

で、僕の職業は確かに獣医だが、僕の勤める病院に、象やオオカミが運び込まれることは無論ない。

「空、青いねえ」

夢の話はどうでもいい、とばかりに、妻は上を向いて呟く。どこの妻もそうなのか、うちの理保(りほ)だけがそうなのかはわからないが、家のなかで見る彼女と外で見る彼女とは印象が違う。外で見る方が可憐だ。そのことを、僕はいつも不思議に思う。逆ならいいのにとも思う。

「ただいまあ」

玄関で、妻があかるく声を張る。壁のコート掛けに目をやると、妻の兄夫婦がすでに到着していることがわかった。料理の匂いが奥から漂ってくる。帰れるときをすでに待ち遠しく思いながら、僕は靴を脱いだ。妻の家族に含むところは何もない。みんな善良な人たちだ。が、家族とか親族というものが、僕はそもそも苦手なのだ。動物たちとつきあう方がずっといい。自分の家族とも疎遠で、結婚式にすら、叔父一人しか招かなかった（そんな僕を、結婚前の妻はふざけて〝オーファンちゃん〟と呼んだ）。べつに、親に勘当されたとかこちらから絶縁したとかいうわけじゃない。そんなことをする前に、僕の家族はただ瓦解してしまった。

新年の挨拶、義父の歓迎のしるしである腕たたき（ばしんばしん、「元気でやってるか？」）、脱いだコートを受け取るべくさしだされる義母の手と、ビールを冷蔵庫に入れに行く兄嫁の、タイツに包まれた細い脚。病院に連れて来られる犬や猫の気持ちがよくわかる。不馴れな場所で人間たちに取り囲まれ、あれこれ世話を焼かれる――。

昼食は豪華だった。雑煮とお節の他に肉料理二種とサラダ二種があり、手毬寿司まででた（「たくさん作っちゃったから、よかったらあとで持って帰ってね」）。あまり得意ではない酒をのみながら、僕は黙々とたべた。

「そういえば、お姉さんまた本をだされたのね」

唐突に義母が言った。

「そうなんですか？」

姉とは十年以上会っていないし、そこそこ名の知られた作家であるらしい姉の著書も、僕は読んだことがない。

「新聞に広告がでてたわよ、顔写真入りで」

「へえ」

僕は短くこたえた。

食事がすみ、義父がテレビをつけると、いきなり陰惨なニュース速報がテロップで流れた。都内のホテルで老人が三人、猟銃自殺したというのだ。

「なにそれ。こわ」

理保が言った。テロップは短く詳細は不明だったが、

「猟銃とはまたド派手だな」

という義父の感想が、そのまま僕の感想でもあった。現場の様子は想像を絶する。

「いやあねえ、おそろしい」

義母が身ぶるいし、おそらくみんなおなじ気持ちで、というのはつまり単なる好奇心から、テレビ画面を注視した。しかしおなじ内容のテロップがでるだけで、どの局も元旦色一色のにぎにぎしいヴァラエティ番組を放映しており、じきに誰も関心を払わなくなった。

「ケーキだせば?」

妻の兄が言い、兄の妻が立ちあがって台所に行った(タイツに包まれた細い脚)。

「じゃあ紅茶を淹れるね」

理保も言って立ちあがり、妻の兄が義父と僕に、キャッシュレスの進みすぎたニューヨークでは、現金を受け取らない店が増えて問題になっている、という話をした。

「カード社会とは言っても、カードを持たない貧困層も多いからね、あの国は」

もしかするともうじき、店側は現金を拒否してはいけないという法案が議会で可決されるかもしれないのだと彼は言い、そんなことをわざわざ明文化しなくてはならないなんて

驚くと僕は思った。みんなで紅茶をのみ、ケーキをたべた。

それだけだった。猟銃自殺したという三人の老人のことは、もう話題にものぼらなかった。そのうちの一人が自分の祖母であることなど、僕には知る由もなかった。

そのニュースがラジオから流れたとき、踏子（とうこ）はちょうど、隣家の陽日（はるひ）ちゃんがくれた大きな年賀状を眺めているところだった。それは画用紙にカラフルなサインペンで描かれた家と草と花と女の子の絵で、〝とうこちゃんへ　ことしもいっぱいあそぼうね〟という言葉が添えられていた。さらに、それだけでは不十分だとでも思ったのか、余白に妙に大きな字で〝ねんがじょう〟とわざわざ書かれていて、踏子はちょっと笑った。一階の集合ポストではなく、各戸のドアについた郵便受け（普段は電気や水道の検針票しか入らない、けれどそのためのものにしては大きすぎるので、何のためにあるのかと以前から踏子が訝しく思っているドアの内側のでっぱり）に、直接すとんと入っていた。

そのニュースの何が踏子にそう思わせたのかわからない。自殺者たちの氏名は公表されていなかったし、三人とも八十代だということだけが伝えられ、彼らの関係も動機も不明だった。が、現場には遺書が残されていて、自殺であることだけは確かなようだった。踏子は胸さわぎがした。根拠のない不安だと自分に言い聞かせたが、知佐子さんかもしれないという疑念は消えなかった。それどころか、根拠のないまま疑念は勝手にふくらみ、踏子は自分で自分をどうかしていると思いながら、何年も会っていない母親に電話をかけた。母親は電話にでなかった。何度かかけたが決って留守番電話につながり、その度に踏子は、これを聞いたら電話をしてほしいと頼んだ。

ようやく電話がかかってきたのは夜になってからで、母親はずっと警察署と大学病院にいたので電話にでられなかったと言った。不自然なほど落着いた、静かな声音で踏子に自分の母親の死を告げると、悪いけど、とためらいがちに言った。悪いけど、あなたと勇樹(ゆうき)にも来てもらわなきゃいけないみたい、と。

知佐子さんが逝ってしまった。

踏子にわかったのはそれだけだった。

元日の夜からあいているバーを、河合順一(かわいじゅんいち)は一軒しか知らない。とてもまっすぐ帰る気にはなれず、自宅からは遠くなるが電車に乗って、川ぞいにひっそりとあるその店の扉を押した。カウンター席に坐ってウイスキーを注文する。元日から外で酒をのむような人間はそういないだろうと思っていたが、予想ははずれ、狭い店内は混み合っていた。が、順一には、それがかえってありがたかった。すくなくともここには日常があり、世の中は普通に動いているのだと感じられる。

「お一人なんてめずらしいですね」

若いバーテンダーの言葉に、

「うん。まあ」

とこたえはしたものの、ほんとうは、一人ではないのだと言いたかった。一人に見えるだろうが、勉（べん）さんという男と一緒なのだと。

運ばれたグラスをごくわずかに持ちあげたのは、献杯ではなく乾杯のつもりだった。もし勉さんが隣にいたら、互いにそうしたに違いないから。世間ではそれを献杯と呼ぶのかもしれなかったが、順一にとっては断じて違った。警察署で説明を受け、大学病院で遺体の確認（といっても損傷が激しく、形ばかりだったが）をしたあとでもなお、重森勉を故人として考えるのは難しかった。

警察から連絡がきたときには無論驚いたが、一方では妙に腑に落ちたというか、自分の知り合いの誰かがもし猟銃自殺したというなら、勉さん以外にあり得ないだろうという気もした。

「どかんとやりたいね」

まさか猟銃のことではなかっただろうが、あの人は昔からよくそう言っていた。仕事でもそのときどきの女性関係でも、〝どかんと〟やるのが好きな人だった。お陰で順一たち若手社員は随分いい目にも遭った（重森勉にどんな欠点があったにせよ、気前がよかったことだけは間違いがない）が、ひどい目にもまた遭い、最後には仕事を失った。それでもつきあいが途絶えなかったのは、どうしてだかわからない。勉という人の在りように、どこか強く惹かれるものがあったからだろうと、自分では思っている。

ウイスキーのおかわりを頼むと、

「早いっすね」

とバーテンダーに言われた。日に灼けて身体つきが逞しく、顔立ちも精悍なこの若いバーテンダーの名前がマモルだったことを、順一はふいに思いだす。

「あのさ、マモル、重森さんって憶えてる？　何度かここにも来たことがあるんだけど、小柄で、いつもスーツで、帽子もしっかりかぶってて」

「ああ、憶えてます、憶えてます。思いっきりおじいちゃんの人ですよね。あの人がどうかしたんですか」

「いや、どうもしない」

反射的にそうこたえてしまったので、会話が行き詰まった。曖昧に笑って、

「いい、なんでもない」

とくり返す。自分が何を期待したのかわからなかった。

昼間、警察署には順一の他に、篠田完爾の遺族と、宮下知佐子の遺族がいた（事情聴取は別々に受けたが、最初の説明は一部屋に集められて、一緒に聞かされたのだった）。遺族でもない順一が呼ばれたのは、そうするように、遺書と一緒に順一の連絡先が書き残さ

れていたからで、警察の説明によれば、勉には身寄りがないらしい。確かにずっと独身を通してきたし、一人息子なので兄弟姉妹はなく、両親はとうに他界している。が、ほんとうに親戚が一人もいないなどということがあり得るのかどうか、順一にはわからなかった。イトコとかハトコとか、その子とか孫とか、誰かがいるはずではないだろうか。あるいは勉自身の隠し子とか？　順一が知っているだけでも、勉には何人かの女性がいた。女性だけではない。勉には友達も大勢いたはずで、問題は、どこまで（そしてどうやって）連絡をすればいいのかということだった。知らせるべき相手は即座にあれこれ思いつくが、自殺というのは控え目に言っても衝撃的な事態であり、だからおそらくごく小声で、伝える必要があるだろう。

順一は、亡くなった篠田完爾にも宮下知佐子にも何度か会ったことがあった。一九七〇年代に勉が始め、八〇年代に順一が入社した輸入会社の景気がすこぶる良かったころのことだ。会うのはたいてい酒の席か、彼らの言う〝勉強会〟の場だった。随分元気のいい年寄りたちだと思ったものだったが、当時の彼らはいまの順一より若かったのだ。よくのみよく食べよく笑い、何よりよく喋る人たちだった。彼らの丁々発止のやりとりを聞いているだけでおもしろく、順一はいつでも誘われるままについて行った。三人の友情というか愛情というか親密さは傍目にもあきらかだったし、何よりも、一緒に逝ったという事実がその親密さを雄弁に物語っており、だから順一は昼間会った篠田完爾の遺族と、宮下知佐子の遺族が初対面だと聞いて意外に思った。あれだけ親しければ、互いの家族とも何らかの交流があるものと思い込んでいたが、そういうわけでもなかったらしい。

「河合さん」

名を呼ばれ、見ると目の前にシャンパンのグラスが置かれていた。

「一応お正月なんで、みなさんでって、あちらから」

あちら、というのは隅のテーブル席のことで、おなじグラスを手にした三十代くらいの人々が、いつのまにか大いに盛りあがっている。いいよ、俺は、と言おうとして思いとどまったのは、勉の声が聞こえた気がしたからだ。

野暮天だね、お前さんはあいかわらず。

彼ならばそう言っただろう。

つがれた酒はのみなさいよ。

そうも言ったかもしれない。順一はグラスを取ってシャンパンに口をつける。重森勉がこの世のどこにもいないということが、はじめて身にしみる味と冷たさだった。

警察署には、あしたも行くことになっている。ホテルへの損害賠償とか遺言書検認とか、厄介なことがいろいろとあるらしく、血縁でもないのに名指しされた順一に対して、警察や病院の関係者たちは一様にどこか同情的だった。が、名指しされたことが、順一自身はむしろ嬉しかった。状況を考えればふさわしい言葉ではないに違いなかったが、勉に信頼されたことが嬉しく、そうである以上すべてをきちんとやり果せたいと思う。世話になったからというより、彼が好きだったたからだ。

百円ショップで買った毛玉取り器はなかなか優秀で、本体の小ささからすると意外なほど大きなモーター音と共に、的確に毛玉をのみ込んでいく。セーター二枚とコート一着の毛玉を取ったあと、僕は妻に、毛玉のできた衣類はないかと尋ねた。できればコートのような大物がいいとつけ加えたのは、単純作業に熱中していたかったからだ。説明書によれば毛足の短いじゅうたんの毛玉も取れるらしいのだが、僕たちの住まいにじゅうたんというものは（毛足が長かろうと短かろうと）一枚も敷かれていない。

「行けばよかったのに」

僕の質問を無視して妻は言った。

「行かなくて落着かなくて、それで毛玉とか取ってるくらいなら、行けばよかったのに」

と。今度は僕が、その言葉を無視する。南向きのリビングはあかるく、オイルヒーターのおかげで暖かい。ゆうべ、十年以上会っていない姉から電話がかかってきて、自殺した三人の老人のうちの一人が祖母だと聞かされた。が、それは姉が八歳、僕が五歳のときに僕たちを捨てて家をでた母親の母親であり、僕にはほとんど知らない人だ。死後の手続きだか何だかのために、いきなり呼びだされる謂はない。

「だって、おばあさんなんでしょ？　遺言にあなたの名前もあったんでしょう？　行かなきゃだめじゃん」

さほど心配そうな口調でもなく妻は続ける。

「お母さんとお姉さん、きっといまごろ警察署で心細い思いをしてるよ？」

と、ソファではなく床にぺたりと坐って（というのはテーブルが低すぎるからなのだが）、年賀状の返事を書きながら。

「あのさ」

僕は言い、妻が顔をあげるのを待った。そして、以前にも話したことをまた話した。母がでて行ったあと、僕と姉が父方の祖母と叔父に育てられたこと、子供を置いて家をでた母を、その祖母が決して許さなかったこと（無論僕も許せないこと）、じきに父は再婚したが、まず姉が家をでて、次に再婚相手が（父に愛想を尽かして）でて行って、祖母が亡くなり、父はまたべつの女性と暮していて、つまり僕の家族はただ単に瓦解したのだということ、それはそれで構わないと僕は思っていること――。込み入った細部は省略して説明し、

「だからいまは、理保の家族が僕の家族」

と結んだ。

妻はほとんど不思議そうな表情で僕をじっと見て、

「でも、そんなふうに言うわりには、あなたは私の家族に全然馴染んでないじゃん」

と言う。

「私の家族をきれいごとっぽく使わないでよね」

とも。その通りだったので反論のしようもなく、僕はひきさがった（というより、妻があっさり年賀状の返事書きに戻った）。妻の理保のこういう率直さをこそ僕は好もしく思っているのだし、こういう女性とだから結婚しようという気にもなったのだったが、三人の老人の事件を知り、姉から電話がかかってきてもしまったいま、妻の率直さは恐怖だった。仲のいい家族のなかでまっすぐに育ってきた女性の吐く正論に、自分が対処できるとは思えない。

母の母という人は、一体なぜよりによって大晦日に自殺などしたのだろう。早く正月休みがあければいいと僕は思う。そうすれば職場に戻れるし、僕自身の日常が、滞りなく続いていると信じられるはずだ。

篠田東洋にとって信じ難いことに、父親は準備万端整えていた。秋田の家は売り払い、蔵書のほとんどを図書館に寄贈し（残りは留学中の孫娘に譲ると遺書に書かれており、それらの本は、船便ですでに発送済み）、家財道具その他の私物もすべて処分され（食器に凝っていたし、古いカメラが好きで集めてもいたし、かなりの数のレコードを所有してもいたはずなのだが、それらを父親がどこでどう処分したのか東洋には見当もつかない)、通帖や保険証書や年金手帖、家の売買契約書といった重要書類は、船便で孫に送った荷物の控えに至るまで几帳面にまとめて鞄に入れてあった。あきらかに衝動的な自殺ではなく、それだけの準備をすべて一人で、家族に何も告げずに整えていたという事実に東洋は打ちのめされる。

だいたい、どうして自殺する必要があったのかわからない。父親は八十六歳で、癌を患ってもいた。こんな事件を起さなくても、そうながくはなかったはずだ。

きのうよりも人数が増えたので(宮下知佐子のところは娘に加えて孫が現れ、重森勉のところは、知人だという人間がもう一人現れた)、部屋のなかは息苦しい。東洋自身の家族はきのうとおなじで四人(東洋と妻、妹の翠(みどり)とその夫)だが、あしたには、留学中の娘も急遽帰国する予定だ。こんな場所に他人と共に押し込められているのはなんとも居心地が悪く、東洋としては、早く家族だけになりたかった。葬儀の手配をしなければならないし、きのうから泣きっぱなしの妹を、なんとか落着かせる必要もある。警察側の説明にはほとんど進展がなく(猟銃が父親の持ち物だったことは判明したが)、待ち時間ばかりがながい。おまけに正月だということもあり、遺書も遺体も検分に時間がかかるため、すぐには返してもらえそうにない。

「いっぺんに話してもらった方がいいんじゃないのかな」

会話のできる雰囲気ではなかったが、東洋は言ってみた。一家族ずつ別室に呼びだされるといういまのやり方では時間がかかりすぎる上、何がどうなっているのかわからないからだ。遺書にしても、父親が書いたものは見せてもらったが、他の二人の分は見せてもらえず、どういうわけでこんなことになったのか、全体像がまるでつかめない。

「うーん、どうなんでしょうね」

重森の知人だという男の返事は頼りない。

「プライヴァシーとか、あるんじゃないですかね、やっぱり」

プライヴァシーも何も、と東洋は思う。彼らは密室で一緒に死んだだけじゃなく、おなじ埋葬場所も準備していた。のみならず、〝後始末および諸費用〟としてホテルの部屋に残されていた少なからぬ額の現金は、三人分一括のつもりであるらしい。プライヴァシーも何もあったものではないではないか。

「まあ、宮下さんのところのお二人が戻って来られたら、警察からまた全員に説明があるんじゃないですかね」

もう一人の、重森の知人だという男が言った。知人たちは二人とも、まるで葬儀屋みたいな黒いスーツを着ている。死者への敬意からだろうとは思うものの、早すぎるという気が東洋はした。まだ通夜でも葬式でもないのだ。遺族たちが集められているこの部屋はごくありふれた企業の応接室といった設えで、壁には暗い色調の油絵とカレンダーが掛けられ、中央のテーブルに、水の入ったペットボトルが何本も置かれているが誰も手をつけておらず、窓にぶらさげられたブラインドごしに、外の景色が縞模様に見える。

また嗚咽をこらえきれなくなったらしい翠が、無力な静かさで部屋をでて行く（妻が心配そうにあとを追った）。東洋が理解に苦しむのは、たとえ自殺をするにしても、あの冷静な父親がなぜこれほど扇情的で人騒がせな方法を選んだのかということで、もしかすると他の二人（あるいはどちらか一人）にそそのかされ、この無謀な計画に、半ば無理矢理ひきずり込まれたのではないかと疑わないわけにいかない。

もう十分生きました。

遺書のなかのその一文が、踏子の頭から離れない。それにあの文字――。遺書はブルーブラックの万年筆で書かれていた。踏子が子供のころからもらい続けたたくさんの手紙もそうだった。肉厚なのに独特の丸みがあって女性的な、あの文字。それはまぎれもなく踏子の知る知佐子さんそのものであり、生々しく知佐子の人柄を伝え、ほとんど体温や肉声まで伴って踏子を動揺させた。

故人と最後に会ったのはいつで、電話その他で最後に話したのはいつか、内容はどうだったか、最近変ったことはなかったか、故人とは親しかったか、他の二人についてどんなことを聞いているか――。こういう場合、警察には質問の手順というものがあるのだろうから仕方がないとはいえ、訊かれることのいちいちが、踏子には不躾に思える。まるで、老人をむざむざ死なせたことを責められているみたいな気がする。何も知らないくせにと踏子は思う。知佐子さんのことも私たちのことも、何も知らないくせに。

質問は終らない。隣で母親が、言葉すくなにこたえている。はい、お会いしたことはあります。いいえ、知りません。はい、たぶんそうだと思います。数年ぶりに会った母親は、あいかわらずひっそりとして目立たず、状況を考えれば当然だがはりつめた様子で青ざめており、でもよその遺族のように泣くことはせず、なんとか持ちこたえていた。気丈な人だと踏子は思う。気丈さについてはそれなりに自信のある踏子自身でさえ、遺書を見せられたときには泣かずにいられなかったのに。

それにもちろん、いま目の前にある、この遺品たち。知佐子さんは小ぶりの旅行鞄をホテルの部屋に持ち込んでいて、おそらくどうしても手放せなかったのであろうその品々――というのも、長年住んでいたマンションを含め、知佐子さんはその品々以外のすべてをすでに処分しているらしかったから――についても警察はあれこれ尋ね（見覚えの有無、来歴、故人にとってなぜ大切だったと思うかなど）、「知らない」とこたえ続けなければならなかった母親の心中は、想像するに余りある。母親と知佐子さんは、決して仲のいい親子ではなかったのだ。

踏子は挑むような気持ちで遺品を眺める。

・夥しい数の手紙（約半数は、のちの夫であり踏子の祖父でもある淳也からのものだが、残りの約半数は、名前を見ても誰なのか踏子にはわからない、男や女からのものだ）
・コンパクトディスク五枚（昔の写真が収められているらしい。紙焼きの写真をディスクに落し込む作業が彼女にできたはずがないので、おそらく業者にやってもらったのだろう）
・犬の首輪七つ（知佐子さんは愛犬家だった）
・男物の腕時計（淳也のものだと、これは母親が特定した）
・七宝焼のブローチ（来歴不明）
・精巧な針金細工の犬（来歴不明）
・手のひらに乗る大きさの、チワワのぬいぐるみ（来歴不明）
・木箱に収められた臍の緒（知佐子さんが産んだ赤ん坊は一人だけなので、おそらく母親の臍の緒）
・赤いシガレットケース（還暦祝いに昔の同僚たちから贈られたものであることを、踏子は知っている）

そしてもう一つ、鞄には踏子の書いたはじめての小説（献辞とサイン入り）も詰められていた。

あまりにも個人的でとりとめのない品々を前にして、踏子は困惑する。これらは知佐子さんのそばにこそあるべきで、こんなに殺風景な警察署の小部屋の机の上なんかに、ずらずらならべられていいはずがない。すぐにもすべてかき集め、人目に触れない場所に隠したいという衝動を、踏子は辛うじて押さえ込んだ。

もう十分生きました。

あの一文が、知佐子の声を伴ってまた蘇る。知佐子さんは八十二歳だった。確かにもう十分生きたのかもしれないが、そんな理由で人は猟銃自殺なんかしないはずだと踏子は思う。警察の人の話では、亡くなった他の二人の老人のうち、一人は癌を患っていて、もう一人には身寄りがなく、経済的にも困窮していて借金もあったらしい。どちらも自殺の理由になり得るが、でも、知佐子さんは？　祖母の自殺の動機が、遺書を読んでも踏子にはわからなかった。

夫の運転する車のなかで、竹井翠はひとことも口をきかなかった。口をひらこうとすれば嗚咽がとびだすに決っていたし、それ以前に、何を言っていいのかわからなかった。唯一思いつくのは詫びの言葉で、自分の父親がひき起こしたことのために、夫にまでこんな苦痛と不名誉を味わわせて申し訳ないという気持ちが胸に烈しく渦巻いているのだが、それを謝ってしまったら、父親がかわいそうに過ぎる気がした。だって、と、また目に涙を滲みださせながら、五十二歳にしていまだに両親をパパママと呼びならわしている翠は思う。だって、それではまるで、パパが悪いことをしたみたいじゃないの――。それともしたのだろうか？　心が乱れすぎていて、その判断もつかない。ずっと口に押しあてているハンカチを一瞬でも口から離すのが不安で、翠は涙を拭わずにいた。前を走る車のテールランプが、赤く滲んで連なっている。

樹木葬だなんて――。思いだした途端に、さらなる混乱が迫上がる。遺書によれば、父親は他の二人といっしょに、縁もゆかりもない土地――八王子市――に、霊園の区画を一つ購入していた。東京には先祖代々の墓があり、そこに母親も眠っているというのに。翠には、それは耐え難い裏切りに思える。父親が死んだこと以上に耐え難いことに。だって、篠田家のお墓はどうなるのだろう。そこにいるママは？

翠は本格的に泣き始める。夫が後部座席に片腕をのばし、ティッシュの箱をつかんだ。

「ほら」

そう言って膝の上に投げて寄越す。翠は洟をかんだが、涙も嗚咽も暴力的に噴出し、子供のころの喘息の発作にも似て、とても意志の力で止められるものではなかった。一体なぜこんなことになったのかわからなかった。家族の事情が複雑そうな宮下家や、家族そのものがいない重森という人のところとは違って、篠田家はずっと仲のいい家族だったはずだ。確かに、母親が亡くなってからのここ十数年は顔を合せる機会が減っていたが、それは父親が突然秋田県に移住してしまったからだし、それでも年に一度は、翠も兄の東洋も、はるばる秋田まで父親を訪ねていた。

去年の夏が、最後だったことになる。すでに癌を宣告されていた父親は、心配だから東京に戻ってほしいという翠の懇願には耳を貸さず、意外なほど元気そうに見えて、これならばまだ当分大丈夫そうだと胸をなでおろしていたのに。

「ほら、川だよ」

ヒイヒイと、自分でもみっともないと思う勢いで泣いていると、夫が言った。車は多摩川を渡る橋にさしかかっており、黒々した水面が、街の灯りを映して揺れている。

川、と声にだして言うのは、普段なら翠なのだった。結婚して以来二十年以上川崎に住んでいるので、都心との往復には必ず多摩川を渡る。だからいいかげん見馴れていてもいいはずなのに、川、と、その度に珍しいものを見たかのように言わずにはいられない翠を、普段の夫は黙殺する。

ほら、川だよ——。

夫の不器用ななぐさめ方に、翠はつい泣き笑いをもらした。この川を渡れば、もうすぐ家に帰れるのだ。そして、こんな状況なのに自分が（泣き笑いとはいえ）笑ったことや、自分だけ安全な家に帰れることが、逝ってしまった父親に背を向けるみたいでひどく悲しく、またしても新たに涙を噴出させる。

＊

重森勉がビーフ・ステーキを注文し、宮下知佐子が迷った末に特製ミートパイというものを頼んだので、篠田完爾は野菜スティックを選んだ。いまさら食事のバランスをとってどうするんだと内心自嘲しながら、旧友二人の旺盛な食欲を頼もしく思った。三人のいるバーラウンジはいつのまにか席がすべて埋まっており、入口のあたりには、席が空くのを待っているらしい人の姿も見える。

「あたし、滋賀にはいやってほど行ったもの」

「そりゃそうだ。大先生に気に入られてたもんな」

知佐子と勉は、大昔の出張の話をしていた。

「長崎にも随分通ったし、大田先生がいらしたから福井にも」

「あのころはみんなどっかに出払っていて、編集部、がらがらだったもんな」

「大変だったけど、たのしかったわよね」

二人の会話を聞きながら、完爾は話題にのぼった滋賀の女性画家のことではなく、毎回ひどく緊張しながらその女性画家に会いに行っていた、新入社員のころの知佐子を思いだしていた。どんな服を着て行けばいいのかとか手土産に何を持って行けばいいのかとか、完爾に言わせればおよそどうでもいいようなことで、いちいち大騒ぎをしていた。が、その後随分信頼されたらしく親しくなって、その画家が百歳を超えて亡くなったとき――ついこのあいだの気がするが、完爾がまだ東京にいて、妻も元気だったころなので二十年かもうすこし前だ――、それを知らせてくれた電話口で、珍しく知佐子は号泣した。完爾自身はすでに美術の世界を離れていたし、件の画家と個人的なつきあいがあったわけでもなかったが、それでも淋しく、一つの時代の終焉を感じた。もっとも、そんなふうに感じることは、他にもいやというほどあった。幾つもの喪失、幾つもの終焉。ほんとうに、自分たちはたくさんの死を経験してしまったと完爾は思う。

「俺はまあ評論家担当だったし、都内在住の先生が多かったから、あんたや完爾さんほどあちこち行ってないけどさ」

勉が言い、グラスのなかで氷をカラカラと揺らした。

「あら、でも勉ちゃんはお仕事を変えてから、外国にたくさん行ってたじゃない？　中国とか、東南アジアとかに」

「それは、行った」

勉が認めたとき、ピアノの音が聞こえないことに知佐子は気づく。周囲には、仕事の打合せだか内密の話だかをしている人々の、ありふれたざわめきがあるだけだ。

「ピアノ、もうおしまいなの？」

知佐子は通りかかったウェイターに尋ねる。黒い蝶ネクタイに緑のヴェスト、というお仕着せ姿のウェイターは、いまはピアニストの休憩時間で、次のステージは七時からだとこたえた。

「よかった」

知佐子はにっこりして言うと、話を戻して、

「でもあたしは行ったことのない県も結構あるの」

と続ける。

「佐賀でしょ、三重でしょ、福島でしょ、それに、ええと、島根?」

「俺に訊かれたってわからないよ」

勉は苦笑して、

「完爾さんはある? 行ったことのない県」

と尋ねた。しかし完爾が口をひらくより早く、

「あるわけないじゃないの、この人は創刊からずっとあのムックをやっていたんだから」

と知佐子がこたえる。

「日本中の神社仏閣とか焼き物の里とか、花の名所とか水の名所とか、ありとあらゆるところに行ってたもの」

その通りだったので、完爾は何も言わなかった。そのあと話題は三人が一緒にでかけた

場所に移った（「でも、なんであんなところに行ったんだった？」「トキちゃんの旦那の実家があそこで旅館をやっていて」「ええ？　それは和歌山じゃなかった？」「いや、和歌山はほら、大西先生の肝入りで――」）。仕事がらみのものもそうでないものも含め、若いころの三人はよく一緒に旅をしたものだった。登山好きの彫刻家につきあって、たびたび登山をしたし（「あたしはほんとは嫌だったのよね、あれ。夏はとくにほら、蚊がものすごかったじゃない？」）、社員旅行であちこちの温泉にもでかけた。〝勉強会〟の名のもとに地方の美術館や博物館を訪れたし、山でスキーをしたことも、川でキャンプをしたこともある。

注文した料理が運ばれてきたとき、完爾が考えていたのはしかし別の旅のことだった。妻と二人で訪れた南九州（新婚旅行ではなくて、婚前旅行だった）、子供たちが小さかったころに毎夏滞在した千倉の海辺（そこには妻の両親が住んでいた）、息子に釣を教えようとした幾つかのキャンプ地、娘が鹿に怯えた奈良――。自分が一人で（あるいは仕事仲間たちと）でかけた場所の多さに比して確かに数はすくないが、それらとはまったく違う意味を持っていた家族との旅の、記憶は写真のように断片的で、シュールというか、現実離れしている。自分がおそろしく若かったことだけが、なつかしさではなく信じ難い事実として胸に迫ってくる。わずらわしくも賑やかで、幸福と呼ぶべきものでもあったであろうそれらの旅は、境界線が曖昧に溶け合い、ほとんど一つの思い出のようだ。いっそ自分とは違う誰かの記憶のようでもあって、完爾は自分がすでに過去を失ってしまったと感じる。家族から遠く隔たってしまったのだと——。

どうしてだかわからない。わからないが、こういう場合に料理を切り分けるのは勉の役と、昔から決っていた。

「おいしそう!」

という知佐子の声を合図に、添えられたナイフとフォークでステーキ(フレンチフライつき)と特製ミートパイ(想像していたよりも小ぶりだ)を切り分けながら、勉は、そして最後は八王子だと考えていた。みんな随分ほうぼうへでかけたが、最後は揃って八王子なのだと。

焼けた肉の脂とパイのスパイスの、食欲をそそる匂いが三人の周囲に漂っている。

＊

雨はゆうべから静かに降り続いている。ただでさえ冬枯れて色のない庭が、そのせいで一層侘しく見える。

「前は、あそこに椿が植わってなかった?」

葉月(はづき)が母親ではなく叔母に訊いたのは、ひとことでも喋らせたいと思ったからだ。車寄

せから玄関までのごく短い距離でさえ、叔父の腕にしがみつくようにして歩いている叔母は、

「さあ」

と消え入りそうな声でこたえた。傘を打つ雨の音は幽かなのに、それでも叔母の声よりずっと生気があるのだ。

「ねえママ！　あそこに椿あったよね」

葉月は前を歩く母親に向けて声を張ったが、ちょうど玄関にたどりついたところだった母親は、小袋入りの塩を父親の肩にパラリとかけてから自分にもかたちばかりかけ、

「お塩、自分でできるわね？」

と言い置いて中に入ってしまった。

一家は祖父の密葬を終え、遺骨と共に西荻の家――葉月の生れ育った家だ――に帰りついたところだ。留学先のデンマークで訃報を受けた葉月が、急遽帰国して一週間がたつ。

「入って入って。お塩かけますよー」

ドアをあけ放ち、葉月は叔母夫婦を促した。玄関に一歩入ったときの匂いは、雨の湿りけとあいまって、いかにも日本のそれなのだった。

この一週間、父親はずっと不機嫌だった（葉月の見たところ、その不機嫌は祖父の死そのものというより、祖父の選んだ方法に起因しているようだった）。そして、いつものこ

とだが母親は全力で父親を肯定する（だから家の中で父親の不機嫌はつねに正当化され、悪いのは家の外の何かだということになる）。葉月にとっては子供のころから見慣れた両親の姿で、いっそなつかしいとさえ言えた。

（あいかわらずだね、あの人たち）

自室で喪服を脱ぎ捨てながら、葉月は胸の内で祖父に話しかける。

（こうなるって知ってて為出かしたんでしょ）

とも。

数日前に慌てて買ったので、まるで自分の服とは思えない喪服をハンガーに掛け、黒いストッキングをまるめて床に放る。セーターにジーンズという普段着になってベッドに腰をおろすと、ようやく人心地がついた。部屋のなかは、いまや半分物置状態になっている。中身不明の段ボール箱二つと母親の衣類（クリーニング店のビニールに包まれたまま、段ボール箱の上に重ねられている）、加えて、掛け替えたらしい額入りの絵画数点。この家に戻るつもりが葉月にもうないことを、たぶん両親は知っているのだろう。それでも掃除はしてくれたようで、ベッドも清潔に整えられていたし、机も本棚も昔のままに保たれていたのだから上等と言えた。

階下におりると、線香とコーヒーの匂いがまざりあっていた。リビングに入っていくと、着替えをしたのが自分だけだったことがわかった。父親も母親も喪服姿のまま、叔母夫婦と向い合う形でソファに坐っている。夜にはまだ間があるのに電気をつけられた室内は不自然にあかるく、即席の祭壇――今朝、葬儀社の人がやってきて手際よく据えてくれたもので、簡素な台を幾つかならべただけなのに、純白の布をかぶせられた途端に神聖かつ厳かな佇いになった――が異様な存在感を放っている。ついさっき持ち帰ったばかりの遺骨も遺影もすでにそこに安置されていて、葉月は坐って手を合せた。

(お葬式でも火葬場でも、おじいちゃんに言われた通り泣かなかったよ)

祖父にそう報告する。

(翠叔母ちゃまは泣きに泣いてふらふらになっちゃって、骨の説明を受けているとき、係の人が椅子を運んできてくれたんだけどね)

思いだし、葉月はいたたまれない気持ちになった。父親の妹である翠叔母は昔から感情の起伏の激しい人で、祖父にもし心残りというものがあったのなら、それは叔母を悲しませすぎることだっただろうと想像できたからだ。

そっけない遺書には書かれていなかったことを、最後の電話――クリスマス当日だったから、ほんの二週間とちょっと前だ――で葉月は聞いていた。自分がいなくなっても悲しむ必要はないということや、墓石など欲しくないということ、これからも葉月の人生を応援しているということ。そのときには癌が進行して死んだらという意味だとばかり思っていたし、まさかこんなに早く逝ってしまうとは想像もしていなかったので、訃報は無論衝撃的だったのだが。

（おじいちゃんが決めたことだから、きっと正しいことだったんだろうと思うけど、でも、淋しくなっちゃうよ）

すぐ横のソファで、父親が話している声が聞こえる。この一週間ずっとそうだったように、苦々しい口調で祖父の友人二人の遺族に対する文句を言っていた。でも、実際にはそれらはみんな、こんなふうにいなくなってしまった祖父への文句だ。

（お別れの会、うちは断固辞退するらしいよ）

最後にそう報告し、

（でも、そんなことはきっと想像できてたでしょ）

とつけ加えて葉月は座布団から立ちあがる。

「私、お風呂に入ってきてもいいかな」

両親に訊いた。ここにいても、役に立てることはないと思ったからだ。


私鉄沿線の小さな駅から徒歩七分、ごく庶民的な商店街の一角の、ごく狭い雑貨屋のレジカウンターに河合順一は坐っている。レジカウンターといってもちょっとしたワーキングスペースになっており（実際、店の狭さを考えればカウンター内が不相応に広い）、順一にとってはほとんど書斎だ。パソコンも二台置いてあり、一台は仕事用、一台は個人用で、個人用のものはおもにステレオ代りに使っている。背後の棚にはインテリアを兼ねた特別な商品（客が見せてほしいと言ったときだけ取りだすのだが、そういう客は滅多にいない）がならんでいるが、扉つきの棚やひきだしには、私物も相当詰め込んでいる。半地下なので、きょうのように晴れた日でも店内は薄暗いのだが、順一にはそれも落着く要素だった。

あっというまに日常が戻るものだな。

何本か電話をかけ、何通かメイルを打ち、何人かの客の相手をしたあとで順一は思った。昔の上司であり恩人であり、年齢は離れているが友人でもあった一人の男が亡くなったというのに、気がつけば自分の生活にはこれといった変化もなく、店を持って以来おなじみの手順およびリズムで（七時起床、九時すぎに自転車出勤、十時前には店につき、十一時開店八時閉店、昼は妻の作った弁当をたべ、夜は商店街で一人で済ませる。日曜月曜水曜定休、たまに不定休もあり）、日々は続く。

順一がこの場所に店を構えたとき、勉は巨大な花輪をだしてくれた。小さな（そして順一のつもりとしては素朴かつ品のいい）店にはそぐわないその派手で大きな花輪には正直なところ困惑させられたが、おそらく勉は、自分の会社が倒産し、そのせいで散り散りになってしまった社員のことを、ずっと気にかけてくれていたのだろう。とくに順一は倒産後に幾つもの職を転々とし、腰が据わらなかった（おまけにその間に離婚もしていた）ので余計に心配をかけていたのかもしれなかった。最終的に、順一は東欧雑貨専門店という、かつての会社の業務と無縁ではない仕事を選んだ。そのことを勉が喜んでくれた、と思いたいのだが、生前、本人の口からそれに類する言葉を聞いたことはない。

私物を詰め込んであるひきだしをあけ、順一は葉書を一枚取りだす。どこにでも売っていそうな、縦書きの罫線入りの葉書だ。勉の死の数日後に自宅に届いたそれを、順一はなぜだか自宅に置いておく気になれず、店に保管している。

迷惑をかけてすまない。平身低頭、深謝。こんなこと、言えた義理ではないかもしれないが、我ながらおもしろい人生だったと思っている。また会おう。まあ、あの世というものがあればだけどな。　　勉

すでに何度も読んだその短い文面を、もう一度読むのではなく順一は眺める。警察署で見せられた遺書（というより必要な手続きについて記されたメモ）はパソコンからプリントアウトされたものだったが、葉書は無論手書きで、黒の細いサインペンで書かれている。勉は昔から美しい字を書いた。書道の嗜みでもあるのかと思ってそう尋ねたことがあるのだが、そんな上等な育ちの人間ではないという返事だった。無手勝流だと笑っていたが、その言葉の豪快さに似ず丁寧で繊細な、どこにも乱れたところのない字を書く人だった。

費用の問題もあり、葬儀はかつての会社の仲間（のうちの有志）数人で執り行うしかなかったが、順一は春になったらお別れの会をひらくつもりだ。亡くなった三人には共通の

友人知人が多かったはずだし、そうであるならば合同で、と持ちかけてみたのだが、篠田完爾の遺族にも、宮下知佐子の遺族にも即座にはっきり断られてしまった（とくに篠田完爾の息子には、気は確かか？　とでも言いたそうな目で見られた）。が、かえってよかったと順一は思う。重森勉のお別れの会は、重森勉その人のためだけに催されるほうがいい。

葉書をひきだしに戻し、順一は自分の店を見まわす。生活雑貨と呼び得るものなら、およそありとあらゆるものを置いている。アンティークのミシンやシャンデリア、各種のラグやクロスといった大きなものから、柳編みの籠（売れ筋商品だ）やレース編みの手提げ、鉄のフライパンやホーローの鍋、長靴やセーターといった中くらいのもの、さまざまな人形やぬいぐるみ、カラフルなスリッパ、装身具や袋入りの調味料やチョコレートやティーバッグといった小さなものまで所狭しとならんでおり、それらの品々のかもしだす匂いが、入口の扉を開け放っていてもずっと室内にとどまっている。順一にとっては我家の匂いだ。もちろん我家と呼ぶべき場所は別にあり、四年前に再婚したのでそこには妻もいるのだが、順一にはこの店の匂いが、依然としていちばん落着く匂いなのだ。勘のいい妻は、おそらくそのことを知っている。知っていて、順一のテリトリーを尊重し、店には一切やってこない。もともとはここの常連客だったのに。順一はそのことで妻に感謝しているが、彼女は長年の上顧客でもあったので、この規模の店にとってそういう客を一人失ったことは、痛いといえば痛いのだった。

映画館をでると、すっかり暗くなっていた。

「実際に起きたことだっていうのが驚きだよね」

この三年間不動の恋人（踏子にとっては最長記録だ）である茶谷守也が言い、ほんとうにね、と相槌を打ちながら、踏子は冬の外気の匂いを吸い込む。映画館から一歩おもてにでたときの街の空気が（それがどこの街であれ、季節がいつであれ）、踏子は得も言われず好きなのだった。現実世界に戻ってしまったことを残念に思いながら、それでも現実の寒さや空腹が嬉しい。自分に肉体があることを、数時間ぶりに思いだす。

「それも大昔じゃなくて、アトランタオリンピックって言ったらつい最近っていうか、俺は高校生で、テレビで観てたし、柔道の野村とか陸上のマイケル・ジョンソンとかよく憶えてて、それなのに、そのおなじ場所でそんなことがあったなんてちょっと信じられないっていうか」

「うん」

恋人の腕に腕をからめ、ダウンジャケットのばふばふした感触を味わいながら、弾むような足どりで踏子は夜の街を歩く。そして、最近よくそう思うように、これは知佐子さんのいない世のなかなのだと脈絡なく思う。知佐子さんはいないのに、世のなかは平和に普通に動いていていて、私は恋人と歩いている、と。

ボウリング場勤務、小柄で童顔だが踏子より五歳年上の茶谷守也とは、小説の取材を通じて知り合った。すべてを失ったプロボウラー（八百長に加えてドーピングや浮気も発覚し、仕事も誇りも家族も恋人も失う）が放浪の旅にでて、植木職人と共同生活をしたり、老人のチームにボウリングを教えたり、家出少女と知り合ったり、その母親と関係を持ったりしつつ、五年の年月をかけて新しい自分を見つける、という長編小説を構想していたころのことだ（この小説は、のちに『素懐と厨芥』というタイトルで出版され、あまり売れなかったが踏子自身は気に入っている）。執筆中、踏子はまさか自分が茶谷と恋愛関係になるとは思ってもみなかった。が、小説が完成し、それまで頻繁に取り合っていた連絡（踏子からは質問や相談や確認、ついでに雑談、茶谷からはそれらに対する返答および連載段階での小説の感想、ついでに雑談）をもう取る必要がなくなってみると、途端になんだか物足りなく、淋しく感じたのだった。〝話さないと調子が狂う〟踏子がそうメイルを打って、〝気づくの遅いね〟という返事がきてから新しい関係に突入し、いまでは茶谷は踏子にとって、日々の生活に欠かせない存在だった。なんといってもいちばんの魅力は、いくらでも会話の続くところだ（何のために恋人が必要なのかといえば、会話と食事のためだと踏子は思っている。会話は一人ではできないし、食事は一人では味気ない）。もっとも、いつだったか知佐子さんにそう話すと、「でも、黙って毎晩いっしょに寝てくれる男性も大切よ」と言われたのだったが――。

茶谷が「無闇に好き」だと認めているボウリングに踏子はあまり興味がない（小説の題材としてはまた別だが）し、踏子がこの世でいちばん敬愛している作家のトーベ・ヤンソンを茶谷はムーミンの作者としてしか認識していない、といった差異はあるが、その差異が会話の妨げになることはなく、実際、本のことでも映画のことでも政治のことでも歴史のことでも、音楽のことでも美術のことでもスポーツのことでも、茶谷とは話せた。

きょうのように映画を二本（一本目は吉祥寺でインド映画を、二本目は新宿でアトランタオリンピックの爆破事件を扱った映画を）観た日ともなると、だから話すことはいくらでもあった。インド人俳優サルマーン・カーンの身長がどのくらいだと思うかに始まり、インドとパキスタンの関係、宗教について、アトランタオリンピックで活躍した（踏子は憶えていないのだが、「キレのいい柔道」をしたと茶谷の言う）野村について、冤罪に問われた男の母親役ででていたキャシー・ベイツの、「ミザリー」での演技の狂気についてなど、通りかかって茶谷が「ここだ！」と謎のひらめきを得て入った韓国料理店（サムギョプサルの専門店でとてもおいしかった）で食事をするあいだも、場所を踏子のマンションに移し、寝室で睦み合うあいだも、二人で喋りに喋った。

そして、いつものように、茶谷守也は帰って行った。どんなに会話が弾んでも、泊って行くことはほとんどない。踏子は、朝起きたときに隣に人がいることが苦手だからだ。気をつけてね、と言って送りだしながら、知佐子さんの言葉がまた蘇ったが、それについては考えないことにした。でも、黙って毎晩いっしょに寝てくれる男性も大切よ――。知佐子さんの夫だった人はそういう男性だったのだろうと想像するだけだ。祖父であるその男性を、踏子はまったく憶えていない。見せてもらった写真によれば、線の細い、穏やかそうな男の人だ。

踏子はラジオをつけ、紅茶を淹れようと思い立つ。かわいらしい缶に入った値の張りそうな紅茶で、おととい弟（の妻）にもらったものだ。十年以上会っていなかった弟の勇樹を自宅に招いたのは、祖母の遺書を見せるためと、四十九日の納骨には立ち合ってほしいと頼むためだった。母親が出奔したあと、自分たち姉弟は父方の家族に育てられたので、葬儀に現れなかった弟の気持ちもわからないではなかったが、祖母である知佐子さんは最後まで孫たちを気遣ってくれていたのだ。

ティーポットに茶葉を入れ、沸騰した湯を注ぐ。

気をつけて。とっとっとっとっとでるわよ。

また知佐子さんの声が蘇った。踏子がやかんの湯をポットや急須やカップに注ぐたびに、知佐子さんはそう言ったのだ。まるで踏子が小さな子供であるみたいに。

ごく幼いころの自分が祖母とどんな交流を持ったのか（あるいは持たなかったのか）憶えていない。踏子にとっての〝知佐子さん〟との交流は、大人になってから発生したものだ。十七歳で家をとびだし、母親のもとに転がり込んで、けれど、そこにも居場所がないように感じ、いま思えば居場所のためだけのような恋をして、男と暮し始めたあとのことだった。扱いにくい娘だっただろうと自分でも思う。幾つかのアルバイトをしながら小説を書き始めたころで、居場所のためだけのような恋が破綻したときにだけ、踏子は知佐子さんのもとに逃げ込んだ。

気をつけて。とっとっとっとっとっとでるわよ。

気遣わしげな声を思いだし、踏子は微笑む。沸騰した湯というものは、ほんとうにとっとっとっとっと、思いがけない軌道を描いてやかんからとびでるのだ。

紅茶はいい香りがした。カップを手に、踏子はソファに腰を落着ける。ここのところずっとアメリカの局に合せてあるラジオからは、男性アナウンサーがなめらかに読むニュースが流れてくる。これは知佐子さんのいない世のなかだ、と、踏子はまた思う。そして、ながいこと音信不通で、その後も都合のいいつきあい方をして、世間で言うところの仲のいい祖母と孫では決してなかったくせに淋しがるのは欺瞞のようで、いかんともしがたく気が咎めた。茶谷と出会ってからの踏子は、すこしずつ知佐子さんのマンションから足が遠のいていたのだ。

警察署であれこれ尋ねられたとき、踏子も母親も満足にこたえられなかった。勇樹に至ってはその場にもいなかった。自分たちは誰も、知佐子さんのことを十分には知らないのだ。踏子はスマホを手に取り、おととい教わったばかりの弟のＩＤにラインを送る。納骨絶対に来なさいね、と打とうとしてやめ、すこし考えて、八王子、待ち合せて行く？　という文面に変えて送信した。すると、思いがけないことにすぐにスマホが振動し、いいよ、という返信が届いた。踏子は画面から目が離せなくなる。送信したのだから返信があっても不思議ではないのに、とても不思議な気がした。勇樹からのラインとは！　妙にくすぐったい気持ちがする。

随分老けたな、というのが、おととい玄関で弟を出迎えたとき、踏子の最初に思ったことだった。コートの下にパーカーとジーンズ、という学生みたいな服装をしていたにもかかわらず、学生どころかくたびれた教師みたいに見えた。全身にまんべんなくついた薄い脂肪のせいかもしれなかったし、あごに生えた貧弱な無精髭のせいかもしれず、度の強そうな眼鏡（いつからかけているのだろう）のせいかもしれなかった。が、勇樹は今年三十三になるはずで、三十三なら、まあ、こんなものかもしれないと思い直した。当然だが、もう少年ではないのだ。

「いらっしゃい。ここ、すぐわかった？」

尋ねると、

「わかった。ごぶさた。これ」

と、勇樹は三つのことをひとつながりに口にして、小さな紙袋をさしだした。

「何？」

「知らない。妻に持たされた」

踏子はたじろいだ。弟が結婚したことは、そう記された転居通知を受け取っていたので知っていたが、知っていることと、〝妻〟という言葉をやすやすと吐く弟を目のあたりにすることは、おなじではない。

「へえ。わりと狭いっていうか、普通なんだね、流行作家の住いにしては」

リビングを見まわして弟は感じの悪いことを言い、

「これは何？」

と、壁の一部を覆うように貼ってある、大きな模造紙の前に立って訊いたのだった。踏子は説明し（「画家の卵の友達が隣に住んでいるの。遊びに来ると絵をかいてくれるんだけど、ちょうど新しい紙に貼り替えたところだから、まだ白紙」）、コーヒーを淹れた。

弟は居心地が悪そうだった。小ぢんまりしてはいたが、センセーショナルな死に方を考えれば不釣合に和やかだったとも言える葬儀の話をしても（宮下家の菩提寺で執り行ってもらった。踏子と母親の他に、知佐子さんの夫の姪だという女性と、会社の後輩だという人たち数人、それに母親の現在の同居人である男性が列席した）、知佐子さんの書いた遺書（母親が、踏子に持っていてほしいと望んだのだ）を見せても、知佐子さんが踏子と勇樹に数百万ずつの現金を残してくれたことを伝えても、まったく表情を変えなかった。踏子の話を最後まで聞いて、

「わかった」

と言っただけだ。それでも二時間近くはいただろうか。コーヒーを二杯のみ、いっしょにだした焼菓子には手をつけずに、踏子が質問すればぽつぽつとこたえた（「父さんがどうしているかは知らない」「叔父ちゃんは元気。いまだ独身」「薫さんとは年賀状のやりとりだけ」）。妻の職業がペットのトリマーだということや、どんな子かと言えば「フツー」の子だということも、そのときに聞いた。

普通ってどんな子よ、と、普段の踏子なら追及したに違いないのだが、弟が相手では、普段のようにいくはずもなかった。それで、ただ、

「そう」

とだけこたえた。

弟（の妻）にもらった紅茶をのみながら、仕方がないと踏子は思う。子供を置いて家をでた母親と、弟を置いて家をでた姉に、一体どんな違いがあるというのだろう。それを考えると踏子はいつも、消えてなくなりたい気持ちになるのだ。

まだ五時前だが、オフィスの窓の外はすでに暗い。きょうは一日、私用の電話やメイルにあけくれてしまった。篠田東洋は、父親の旧友二人の遺族と、何も好き好んで連絡を取り合っているわけではなかった。〃後始末および諸費用〃として残されていた現金の使い

途や、来週に迫った納骨の段取り（調べたところ、必ずしも遺骨を埋葬する必要はなく、故人の愛用していたものや思い出の品でもいいということなので、東洋としては父親そのものをそこに埋めるつもりはさらさらなかったが）、遺品のなかに今回の事件の説明となるような日記や手紙がなかったかどうかなど、話し合うべき事柄があるから仕方なく連絡しているのだ。が、河合という男にも宮下の娘にも常識というものが欠けていて、話すたびに東洋を苛立たせる。週刊誌の件にしてもそうだ。河合という男は派手な事件なのだから仕方がないと言い、宮下の娘に至っては、記事そのものを読んでいなかった。どうしてそんなふうにノンシャランとしていられるのか、東洋には見当もつかない。記事には名前こそ伏せられていたものの、三人の経歴が事細かく書かれており、本人を知っている人間が読めば、誰のことかは一目瞭然だというのに。おかげで東洋にも宮下知佐子がほぼ生涯編集者だったことや、夫が劇作家だったことがわかったし、重森勉のいかにも胡散くさい経歴（出版社勤務から輸入会社社長に転身し、クラブの支配人を経て、最後の職業は外国人に日本語を教える教師）もわかったわけだが、それにしても迷惑な話だった。東洋は親戚にすら知らせずに葬儀を終えたのだし、逝去を知らせてこれまでの厚情に感謝する葉書だけをこれからだすつもりでいる。それなのに週刊誌の記事と河合のせいで――というのも、あの男は非常識にも重森勉のお別れの会とやらを計画しており、重森勉の周辺の人々に事情を話しているらしいからで、重森勉の周辺の人々と父親の周辺の人々は一部重なるため——、東洋のところにも悔やみの手紙や花が届くようになった。一体どうやって知ったのか、父親とは関係のない、東洋自身の友人たちのなかにさえ、心配して電話やメイルをくれる人間がいるのだ。ありがたいと思うべきなのはわかっていた。実際、学生時代のゴルフサークル仲間の一人からメイルでもらった言葉はいかにも彼らしく、具体的なことには何も触れずに、ただ、「全部片づいたらみんなで慰労してやる」というもので、東洋は不覚にも泣きそうになった。が、彼が知っているということは、かつてのサークル仲間のうち、いまもつきあいの続いている四人（つまり親友ということになるのだろう。東洋の人生に、そう呼べる人間はすくない）はみんな知っていると考えるべきで、事態は手に負えなくなりつつあった。

東洋は、自分が父親の気に入りの息子ではないことを承知していた。もともと何かを強制するタイプの父親ではなかったし、東洋の方でも反抗的な態度を取るほど骨のある息子ではなく、表立って対立したことがあるわけではなかったが、それでもそういうことは、なんとなくわかるものだ。諦念。ある時期からの父親にはそれが感じられた。一人で山奥に移住してしまったこともその諦念と関係があったのだろうし、人間よりも猫やヤギや小鳥といった動物の方に、愛情を注いでいた。慣れない力仕事や近所づきあい（といっても隣家はかなり離れていたが）は、思い通りにいかないことも多かったに違いないのに、頑として帰ってこようとしなかった。東洋自身、最近その諦念がわかるような気がしている。

娘にとって自分が自慢の父親でないことは思い知らされているし、妻にとって理想の夫から程遠いこともわかっていた。去年役員になったので定年が延び、オフィスもビルの最上階になったが、最近では、仕事といえば会議と会食ばかりだ。

東洋はパソコンの電源を落とし、帰り仕度を始める。今夜も会食があるのだが、頭のなかには父親の死と週刊誌記事、それに、いまいましくもしばらくは連絡を取り続けなくてはならない他の遺族——河合と宮下の娘——の態度や言葉が渦巻いている。今夜の会食相手が自殺した老人の一人と東洋の関係に気づくはずはないが、だからこそ単なる雑談として話題にのぼらないとも限らず、そう考えるとおそろしかった。不必要に広くあかるいトイレ（役員専用なのだ）で用を足しながら、東洋は昼間宮下の娘が電話口で、父親のことをなれなれしく「完爾さん」と呼んだのを思いだして、改めて不愉快になる。「でも、うちの母も完爾さんも、わかっていてしたことなんじゃないでしょうか」週刊誌に記事がでたことについて、万が一にも情報をリークすべきではないと釘を刺すつもりで話すと、読んでもいなかったくせに、彼女はそう言ったのだった（そして、それは東洋自身の娘の反応とおなじだった）。

オフィスに戻り、マフラーを巻いてコートを着る。会食には会社から他に二人行く予定だが、ぞろぞろと移動するのが嫌いな東洋はいつも現地集合を選ぶ。ポケットからイヤフォンをだして耳に押し込むと、退社の準備が完了した。ブレンデルの弾くハイドンが流れだし、東洋は、すさんだ気持ちがわずかになぐさめられるのを感じる。ホ短調のピアノソナタ、第三十四番だ。父親と違って書物にも美術にも興味がなく、子供のころに父親がしきりに連れて行きたがったキャンプや山歩きもまるで好きになれず、おそらく父親を失望させ続けたのであろう東洋にとってクラシック音楽は唯一の、父親と共通する趣味だった。

「これはこの家のおくさんで、年は二十四歳よ」

壁に貼った模造紙にかいた絵の前に立ち、隣家の陽日ちゃんが言う。

「若い奥さんなのね」

踏子が感想を述べると、

「あら、おくさんっていうのはだいたい二十四歳よ」

と、意味不明の反論に遭った。

「これはこの家で飼われている羊」

脚の生えたもじゃもじゃの物体(顔はなく、色はピンクとオレンジの混合色)を指さして説明は続き、

「農家なの?」

と問うと、

「ちがう。だんなさんは会社員で、おくさんはセンギョーシュフ」

という返事だった。

隣家の陽日ちゃんは五歳だ。昼間はたいてい一人で家にいる踏子を、遊び相手というよりときどき様子を見てやる必要のある大人と見做しているらしく、週に一度か二週に一度、律儀に訪ねて来てくれる。部屋に入るときの挨拶が毎回ふるっていて、「お仕事中？」とか、「おじゃまじゃなあい？」とか言うのだ。母親である隣家の奥さん（絶対に二十四歳ではない）の口真似なのだが、それがなかなか堂に入っていて、踏子は笑うより感心してしまう。母親のみならず、しょっちゅう遊びに来るらしい祖母という人もまったくおなじ口調で、つまり隣家の女性たちは踏子が知るだけでも三代にわたって話し方が似ており、それは、味わい深いと同時におそろしいことのように踏子には思える。話し方が真似で培われるなら、考え方もまた真似で培われるかもしれないからで、事実、陽日ちゃんの言動には、どこか中年女性然としたところがあった。踏子の新しい服や美容室帰りの髪に目ざとく気づいてほめてくれる（「あらすてき」「よく似合うわ」）し、苦言を呈することもある（「もうすこしきれいな色の服を着たら？」）。「踏子ちゃんは結婚しないの？」と訊かれたこともあるし、「子供はいないの？」と訊かれたこともある（「いないわ」とこたえたところ、「あらあ、淋しくないの？」と、さらに訊かれた）。そういう言葉の一つ一つに驚かされながら、どこかで楽しんでもいて、踏子はこの小さな友人の訪問を――〆切間際ででもない限り――歓迎することにしている。はっきりと物を言う子供（なにしろ中年女性的）なので話していて疲れないし（それは踏子も子供だからだと守也は言うのだが）、子供とはいえ忙しく（英語教室と絵画教室に通っている上に、本人曰く、飼っているカメの面倒も見なくてはいけない）、長居をすることもない。加えて、踏子のなかにはおそらく、じゃまをしたい野望があった。真似によって培われている（らしい）考え方以外の考え方だって、この世にはあるのだ。

「画伯、お茶がはいりましたよ」

声をかけると、

「はあい」

という素直な声が返った。陽日ちゃんは慣れた様子でダイニングの椅子によじのぼり、ずっと鳴っていたラジオの英語にはじめて気づいたみたいに耳を傾けて、

「ブラー、ブラー、ブラー。何を言ってるんだかわかりゃしない」

と言う。苦々しげな雰囲気をだしたかったのかもしれないが、言ったあとでなぜだかくすくす笑いだし、その雰囲気はご破算になった。


妹の声が大きい、というかよく通ることに、蕨田圭（わらびだけい）は改めて驚く。子供のころからそんなふうだったわけではない気がするものの、すくなくとも成人して以降はずっとそうで、電話で話すときなど、思わず受話器を耳から遠ざけてしまうほどなのだから、いまさら驚

くも何もないはずなのに、ひさしぶりに会うと、そのたびに何度でも、驚くというかたじろぐのだった。妹の声がこんなふうに高くあかるくなったのはいつからだろうと、圭は訝る。ひょっとすると、成人して以降ではなく結婚して以降だったかもしれないが、確かなところは思いだせない。いずれにしても、塁(るい)の声は高くあかるくよく通り、おまけによく喋り、塁の夫（初対面のときから屈託なく圭を「お兄さん」と呼ぶ、テレビ局勤務で体格のいい五十男）もよく喋り、中学生と小学生の子供二人もすきあらば口をはさもうとするので、食卓は賑やかだった。

「だって、あたしが生れたときもお兄ちゃんが生れたときも、母さんが退院するときに病院まで車で迎えに来てくれたのは勉ちゃんだったのよ」

塁が言うと、すかさず長女の亜衣(あい)が、

「私、その人知ってる？」

と訊き、

「知らない。あんたたちのおじいちゃんのお友達だもの」

と説明する塁の言葉の途中で、

「牛すじをレオにやっていい？」

と亜衣の弟の行雄(ゆきお)が訊く。

「だめ」

と即答する塁の隣で夫が、

「だけどさ、三人でって、順番はどうだったんだろうな。最後の一人は自分で自分をってことは、こうやって足の指で引き金を――」

とゼスチャーつきで言いかけ、

「やー、めー、て」

と大声でさえぎった塁が圭に向って、

「それよりおでんの味はどう？　母さんのおでんには及ばないかもしれないけど、牛すじ、トロットロになってるでしょう？」

と話題を変えると、圭がこたえるより早く、

「うん。旨い」

と夫がこたえ、

「そういえば、昔、くさやの干物をだすおでん屋に行ったよな、台風の日に二人で」

とさらに話題を変え、そのあいだにも、なんでも母親に訊くのが習慣になっているらしい行雄が「ちくわぶもう一個とっていい？」とか「お水、これじゃなくチェックのコップでのんでもいい？」とか訊き（チェックのコップというのは蕨田家に昔からある切子ガラスのコップで、それを「チェックのコップ」と最初に呼んだ圭としては、その呼称がいまだに受け継がれていることにひそかな喜びを感じた）、

「暑いからエアコンの温度をちょっと下げて」

と塁に言われた亜衣が、間髪を入れずに、

「リモコンどこ？」

と訊いたために塁が苛立ち、

「あるでしょ、どこかに。あるに決ってるんだから探してから訊きなさいよ、探してから」

と、もともとよく通る声をさらに大きく張り上げる、という具合で、それは妻と二人暮し（加えてその妻とは離婚に向けて話し合っているさなか）の圭にとって、圧倒的というか強迫的というか、ほとんどシュールなまでの家族生活感だった。

自分がいま離婚の危機にあることを、圭は誰にも話していない。だから塁は、いまも圭と妻が子供のいない恋人夫婦暮し（塁の言葉だ）をしていると思っているはずだ。五十を過ぎて恋人夫婦もあるものか、と苦笑せざるを得ないとはいえ、つい数年前まで自分たち夫婦は上手くいっていたのだ、という自覚も圭にはあるのであって、上手くいっていたからこそ、四年前、義父が亡くなったのを機に、それまで勤めていた会社を辞めて、妻の郷里である神戸に引越し、喫茶店を継いだのだった（そこで妻がかつての同級生と再会し、男女の仲になるなどとは想像もしなかった）。自分でも意外だったことに、喫茶店主という仕事は圭の性に合っていた。御年八十の看板娘である義母（いまでも一日一度は店に顔をだす）との関係も良好で、神戸という街の住み心地もよく、ここが自分の終の棲家なのだと思い定めた矢先の、圭にとってはまさに青天の霹靂の離婚話だった。相手の男（バツイチで、子供二人は元妻が養育）に喫茶店を継ぐ意志はなく、店は圭に任せると妻は言い、義母にもそうしてほしいと頭を下げられているのだが、それはどうなのかと、圭としては逡巡してしまう。妻と離婚をすれば、圭にとって神戸は縁もゆかりもない土地であり、義母は他人なのだ。

「平服でって言われてもねえ」

塁が言った。おでん鍋を囲んでの夕食が終り、子供たちはそれぞれ自室にひきあげている。大人三人はソファに場所を移して、本格的に酒をのみ始めたところだ。

「こういうとき男の人はいいわよね。スーツっていう万能服があるんだから」

圭はきょう神戸から東京にでて来た。あした行われる重森勉の納骨に立ち合うためだ。

「喪服でいいんじゃないか？　納骨なんだから」

圭が言うと、

「うん。それが無難だよ」

と、塁の夫も同意した。

「無難ねえ。勉ちゃんに無難って、何かそぐわない気がするけど」

塁は言い、自分のグラスにワインを注ぎ足す。そして、

「お兄ちゃん憶えてる？　父さんが死んだとき、勉ちゃんが遺体にとりすがって号泣したの」

　と続けた。

「あたし、男の人があんなに泣くのをはじめて見た」

　と。無論圭も憶えていた。が、またしても圭がこたえるより早く塁の夫が、

「それ俺も憶えてるよ。びっくりしたもん、誰だこいつって。まだ塁と結婚したばっかりのころで、蕨田巌（いわお）が何者なのかもよくわかってなかったからさ」

　と口をはさんだ。圭と塁の父親である蕨田巌は美術評論家で、重森勉は父親の担当編集者だった。勉はしょっちゅう蕨田家に出入りし、なにくれとなく世話を焼いてくれたし（小学生だった圭が犬を飼いたいと言ったとき、血統書つきのスコッチテリアをどこからか手に入れてくれたのも勉だった）、余程馬が合ったのか、彼と父親は仕事以外にもたくさんの時間を共有し、それは彼が編集者でなくなってからも変らなかった。子供だった圭にとって、当時家では禁止されていた漫画の本をどっさりくれたり、子供たちの前でも卑猥な冗談を言ったり、ラグビー観戦に連れて行ってルールを教えてくれたりする勉はおもしろい小父さんで、親子ほどにも年の離れた人なのに、圭も塁も両親に倣って、昔から勉ちゃんと呼んでいた。

「羽振りのいいときもあったのよ」

塁が夫に説明している。

「でもその商売に暗雲が兆して、ほら、痩せる中国茶とかいうものに手をだしたことがあったじゃない？」

と、これは圭に向って言った。

「あのあたりから、ちょっとおかしなことになっていったのよね、たぶん」

編集者を辞めたあとの勉の仕事に関しては、圭にはよくわかっていなかった。それで、

「そうなのかな」

とだけ言ったのだが、塁には確信があるらしく、

「そうよ」

と断じる。

「お兄ちゃん憶えてないの？　あの中国茶、うちにも何箱も持ってきて、塁ちゃん試してみて、とか言って、あたしは高校に入ったばっかりくらいで、そりゃあちょっとぽっちゃりしてたけどさ、傷ついちゃったわよ」

「そりゃ傷つくな」

塁の夫が言って、立ちあがる。

「ワイン空いたから水割りにしよう。お兄さんもウイスキーでいい？　焼酎もあるけど」

圭はウイスキーでいいとこたえ、妹の夫について遠い昔に父親が、あいつの酒量だけは

評価できる、と言ったことを思いだした。

　重森勉が亡くなったことを、圭は妹から電話で知らされた。妹は父親の友人だった画家の未亡人から聞いたと言った。すでに葬儀は終っており、春にお別れの会があるという話だったが、その前に、せめて仏前に線香くらい手向けなければ義理を欠くし、父親が悲しむと思ったのであちこちに電話をして状況を訊いたところ、納骨の日程がわかったのだった。河合という人物が世話役のようだった。読経もなしなら香典もなしなので平服で、とその人物は電話口で言ったのだったが（「あ、お別れの会の方は会費をいただかなきゃならないですけれど」とつけ加えた）、圭は喪服を持参した。

　あれほど親しくし、家族ぐるみで世話になっていたのに、父親が死んでから、圭は一度しか勉に会っていない。それすら、もう何年も前のことだ。呼びだされて酒をのんだのだが、ややもすると感傷的になる勉の思い出話に閉口し、一軒だけでおひらきにしてしまった。その後も、こちらから様子をうかがう連絡一つせずにいたことを、圭は後悔していた。

「こんなものもあった」

　氷やら水やら新しいグラスやらをせっせと運びながら塁の夫が言い、持ってきたのはかたまりのままのチーズで、

「じゃあ、切らなきゃ」

　と呟いて塁も立ちあがる。

「布団は和室にもう敷いてあるし、今夜はひさしぶりにのみましょう、お兄さん」

義弟の力強い言葉を聞き流し、圭はアイスペールから氷のかけらを一つ手に取ると、犬のレオに投げてやった。

あちこちに冬薔薇が咲いている。竹井翠は姪とならんで歩きながら、霊園というより大きな公園みたいだと思った。土の地面はでこぼこして歩きにくいし、広すぎて、係の人の先導がなければ、目的の区画にたどりつくことも、さっきまでいた事務所に戻ることも、翠にはできそうもない。それでも、すくなくとも天気は好かった。頭上には冬らしい青空が広がり、枯れ芝の上には静かな陽光が降り注いでいる。

「あっちの人たち、賑やかだね」

姪の葉月が小声で言う。あっちの人たち、というのは亡くなった重森という人の友人たちで、全部で十四、五人いた。喪服姿の人もいるがカジュアルな服装の人もいて、それだけでも目立つのに、再会に声を弾ませたり名刺交換をしたりもしていて、全然喪の席らしくないのだった。なかに一人、とりわけ声の通る女性がいて、翠よりも若そうなのに、「勉ちゃんが」とか「勉ちゃんなら」とか亡くなった老人を気安げに勉ちゃん呼ばわりしているのも耳障りだった。もっとも、

「翠叔母ちゃま、見て、福寿草が咲いてる」

とか、

「立派な大木！　樹齢何年くらいだと思う？　春になって葉が繁ったら見事だろうなあ」

とか、あかるい声音で言う葉月もおなじようなものかもしれなかったが。

ようやく目的の区画に到着したらしく、マイクを持った係員のそばに人垣ができていた。そばにはテントがあって、その下のテーブルにのみものが用意されている。なんだかピクニックみたいだと翠は思った。マイクがキーンと音を立てる。

ご親族のかた、という係の人の言葉によって、翠は兄と姪と共に、最前列に押しだされてしまう。背中に姪の手が、励ますみたいにそっと添えられるのを感じた。

地面がすでに掘られているのを見て、翠は思わず息を呑んだ。ぽっかりと口をあけた、黒々した土。

「いやあ、いいところですね」

いつのまにか隣に立っていた河合順一（兄がしきりに名前を口にするので、翠も覚えてしまった）が言い、あたりを見まわす。

「ええ」

他に何とこたえていいのかわからずそうこたえたが、翠には、ここを父親の墓所と考えることはできなかった。ここは何らかの通過点、突然呼び出された警察署とか、兄が奔走している役所とかの延長線上にある、なぜ自分がいまここにいるのかわからない（のに、いることを余儀なくされている）場所――。父親の遺骨は先週（正真正銘の四十九日に）、無事菩提寺に納骨した。それでも遺言を無視するわけにはいかなかったので、いわば三人の老人の約束の記念として、きょうはここに父親の数すくない遺品のなかから、愛用していた老眼鏡を納めに来たのだった。篠田家からの出席者を三人だけにすることによって、その消極的な立場を表明しているつもりでもあった。

「なんて言うんだろう、風通しがいいですよね、墓石とか名前とかがないっていうのは」

河合順一が言い、翠が驚いたことに、

「そう思います」

と横から葉月が勢いよく口をだした。

「墓石なんていらないって、祖父は言ってたんです。死んでからまでそんなところに閉じ込められたくないって。それに、これからも人は死に続けるのだから、墓石になんか拘泥していたら、そのうち生きている人たちの居場所がなくなるって」

「道理だ」

河合順一が言って小さく笑う。

「物のわかった人だったんです、祖父は」

そう返した葉月の言葉を聞いた途端、きょうは泣くまいと思っていた自分の喉に、熱いものがこみあげてきた。

スピーカーから、低いヴォリウムで音楽が流れている。三人の代表者が前に進みでて、遺骨（土に還れるよう、骨壺ではなく専用の袋に移し換えられている）や遺品（祖母に関してはその両方。ホテルに残されていたたくさんの手紙を、他にどうしようもなくていっしょに焼いたからだ）を土のなかに置いたところだ。僕は母親から目を離すことができない。その華奢な身体つきや、短すぎるほど短い髪や、腕にかけたハンドバッグや、連れの男と揃いで持っている、薄紫色の数珠や――。祖母の死を知ってから、母親と顔を合せることになるのかもしれないと恐れていた。避けられるものなら避けたかったし、姉から日時を聞いていたにもかかわらず、だから葬儀はボイコットした。だいたい、姉が〝知佐子さん〟と呼ぶ母方の祖母のことを、僕はほとんど憶えていない。それなのにいまここにいるのは姉に約束させられたからで、僕は姉には負い目があるのだ。幾つもの口論、幾つもの依怙贔屓。父方の祖母の家で、姉はあきらかに不当な目に遭っていたし、子供だったころでさえ僕はそのことに気づいていた。気づいていて、気づかないふりをしていた。もめごとはたくさんだったのだ。新しい生活に馴染もうとしない姉を、心のどこかで責めていたのだと思う。姉は頑固だった（父方の祖母が言うには、「強情」）。両親が離婚したあとも、母方の祖母は僕と姉にたくさんの手紙を寄越し続けたし、誕生日には贈り物も届いた。父方の祖母がそれをひどく嫌がっていることがわかったので、僕はそれらを唾棄すべきものと決めつけて手をださなかったが、姉は違った。それまで母親がしていたこと——日々の会話、寝る前に読んでくれる絵本、学校に着ていく服を選ぶこと、風邪をひいたときの看病や傷の手当て——を祖母がしようとすると姉は拒絶し、僕は受け容れた。些細な、けれど忽せにできないさまざまなこと、僕がかわいがられ、姉が疎まれるようなさまざまな出来事の果てに、姉は一人で家を出たのだった。僕が十四歳のときのことだ。

出席者一人ずつが、受付でもらった白薔薇を土の上に手向ける、というセレモニーが終り、のみものの用意されたテントの下にぞろぞろと移動するあいだも、僕は母を全身で意識していた。再会の、最悪の部分はもう過ぎたという安堵があった。

「勇樹？」

事務所で受付を済ませた僕に、近づいてきて母は言った。とくに感極まったふうにでも驚いたふうにでもなく、どこか不思議そうに。

「きょうは母のためにありがとう」

それからそう言って頭を下げた。

「突然で、驚かせたわね」

僕は返事をしなかった。二十八年ぶりなのだ。口にできる言葉は一つもなかった。ただ、奇妙なことに、僕はそのとき母が謝らなかったことに、心からほっとしていた。

幾つかのスピーチが行われ、人々が雑談に興じるあいだも僕は母を見ていた。一体幾つくらいなのだろう。毎日病院に来る、犬や猫の飼い主たちのこともそうだが、僕にはある程度以上年上の女性の年齢というものが、まるで類推できない。のら犬やのら猫の年齢ならば、かなりの確信を持って推測できるのだけれども。

「デンマーク！　どんなところ？」

姉は、さっきから篠田家の孫と話が弾んでいる。死んだ三人の老人のうち、篠田完爾がいちばん年上で、猟銃は彼の持ち物だったことを、僕は週刊誌で読んで知っていた。

「保守的。寒い。人がみんな大きい」

「大きい？」

「身体がです」

何も憶えていないにしても、自分の祖母が週刊誌に取り沙汰されるというのは胸のざわつくことだった。「あかるい人だった」とか、「料理上手で、よく友達をもてなしていた」とか、「亡くなったご主人を敬愛していた」とか「愛犬家だった」とか、誰かの談話で知らされるのも。

「『まあ、よいわ。全部ヘクサメータでお書き。それに覚えておきなされ、昔からのちゃんとした悲劇というものは、出てくるのはみんな親戚同士なのじゃ』」

変な声色を使って姉が言い、篠田完爾の孫娘が笑う。

「言えてる。それもトーベ・ヤンソンですか？」

「そう。エンマっていう登場人物がいてね……」

マイクがキーン、ガサガサ、と耳障りな音を立て、さっき長いスピーチ（「私が彼と出会ったのは……」）をした男性がまた話し始める。

「私もこの前ここに下見に来るまで知らなかったのですが、三人が選んだこの樹木の名前はアメリカシャクナゲというそうです。いまはご覧の通り裸の低木が寄り集っただけの寒々しい景色ですが、春になるとかわいらしい花がたくさん咲くそうです。ですからみなさん、春になったらまたそれぞれここを訪れて、いや、春に限らず夏でも秋でも冬でも……」

どうやら締めの挨拶らしかった。これで帰れる、と思ったとき、

「勇樹くん」

と声をかけられた。声の主は母の連れの男性で、目が合うと気弱そうな笑みを浮かべた。事務所で顔を合せたとき、母からはただ「林さん」と紹介されただけだったが、この男が母の現在の同居人（かつて家を捨てるほど入れ揚げた相手とは別人）で、葬儀の席でも母につき添っていたことを、僕は姉から聞いて知っていた。

「ええと、もしよかったらなんだけど、連絡先を教えてもらえないかな」

男性は言った。母よりやや若そうに見えるが、そもそも僕は母の年齢を知らない。

「きょうはほら、こういう場だし、ゆっくり話せる雰囲気ではなかったけど、彼女はきっ

と、もっときみのことを知りたいんだと思うんだ、ああいう人だから自分からは言わないけど」

僕は驚いた。

「ああいう人って言われても、あの人がどういう人なのか僕は全然知りませんから」

締めの挨拶をしている男性のうしろに、篠田家の喪主とならんでひっそりと立っている母に目をやりながら正直にこたえる。そして、この男と母がいっしょに暮しているということを思った。だからどうというわけではない。僕には関係のないことだ。

「じゃあ、ええと、これから知ったらいいんじゃないかな」

日に灼けていること以外に根拠はないが、なんとなく、元サーファーで昔はもてた、という感じのするその男性に非はなかったが、

「お断りします」

と、僕にしては珍しくきっぱりと言えた。姉が僕をふり返り、あのねえ、もしくは、ちょっと勇樹、と言いたげな顔をする。姉と母は僕と母より近い関係にあり、だからこの男とも、何度か会っているのだろう。

「そうか。いや、無理強いするつもりはないんだ」

元サーファー（かどうかは知らないが）は言い、また気弱そうな笑みを浮かべた（そうすると、しわがちな顔のなかで目尻が下がる）。

「あったあった。これみたい」

篠田家の孫娘があかるい声をだし、姉と僕の目の前に、スマホの画面をつきだして見せる。それはアメリカシャクナゲの画像で、孫娘は、

「ほんとにかわいい花ね。おじいちゃんたち趣味がいい」

と、満足そうに呟いた。


霊園で姪と、八王子駅で兄と別れた翠は、一人で横浜線に乗った。運よく坐れたのでほっとしたが、車内は暖房がききすぎていて、コートを着たままでは暑く、けれど両隣ともう人で埋まってしまったので、ごそごそと大きな身動きをして脱ぐことは憚られた。仕方なくじっと坐って、車内の人々を見るともなく見ていると、電車に乗っているときの父親の姿が思いだされた。浅く腰掛け、長身を折るようにして、本にかがみ込んでいた。どこに行くにも、つねに本を持っていたのだ。家族ででかけても、まるで自分だけ他人みたいな顔をして、すぐに本をひらいた。兄にも翠にもやさしい父親だったし、翠の憶えている限り、妻に対しても愛情深い夫だったが、それらはすべて家のなかでの記憶であり印象だった。家の外でのパパを、私はどれだけ知っていただろう。そう思うと、胸の底がざわざわした。父親を、自分たち家族のものだと思っていた。というより――と、翠は自分で訂正する――、いまでもそう思っている。ちがうとは、誰にも言わせたくなかった。けれ

ど、じゃあ、パパはなぜ何もかも一人で決めて逝ってしまったのだろう。涙がこみあげそうになり、翠はハンドバッグを探った。のど飴を見つけだし、銀紙をむいて急いで口に入れる。霊園で嗚咽をもらしたとき、河合順一にもらったものだ。

「人間は、泣くのとたべるのとをいっぺんにはできないようになっているらしいですよ」

そう言っていた。ほんとうかどうかはわからなかったが、差し出された飴を翠が口に放り込むと、

「これもどうぞ、念のために」

と言って、残りの飴もくれたのだった。

霊園には、河合の他にも重森勉の友人知人がたくさん来ていた。亡くなった三人の老人のうち、家族のいない一人がいちばん大勢に見送られたというのは皮肉なことだと翠は思う。

遺骨の埋葬場所に関して自分たちの下した判断が正しかったのかどうか翠にはわからないが、家族の墓所以外に葬るなんて、考えられなかった。父親を誰かに（しかも永遠に）奪われるようで、想像するだけでも耐えられない。だから仕方がなかった、と思おうとするのに、上手く自分を説得できない。飴が歯にぶつかって、かちゃりと小さな音を立てた。

駅ビルのなかの喫茶店でココアをのみながら、僕は振動したスマートフォンをこっそり

と見る。それは妻からのラインで、〝納骨終った？〟とあった。テーブルの下で返信を打つ。〝終った。ちょっと姉につかまってるけど、夕食までには帰るから〟。いつものことだが、妻からの返信は早い。そして短い（〝了解〟のみ）。

「だから私も弟も、知佐子さんのことをよく知っているとは言えないの」

姉が葉月さん（というのが篠田完爾の孫娘の名だ）に説明している。

「もっといろいろ聞いておけばよかったなって、いまさらなんだけど」

葉月さんとお茶をのむからいっしょに行こうと姉に誘われたとき、なぜ断れなかったのかわからない。霊園ではなんとなく若い者同士固まって立っていたし、姉と葉月さんは二人の作家（姉が好きだというトーベ・ヤンソンと、葉月さんが大学院で研究しているというアンデルセン）のことや、二人の老人（〝知佐子さん〟と〝おじいちゃん〟）の話で盛りあがっており、水をさすのも悪い気がして、そのままついてきてしまった。母と林さんとおなじ方向に帰るよりは気楽だったからかもしれない。

「晩年の祖父は一人で秋田に住んでいたんです」

葉月さんが話している。大学を卒業してすぐ留学し、五年目だと言っていたから、二十七か八だろう、化粧っけのない、きれいな人だ。理保と同年代のはずだけれど、理保より大人びて見える。喪服を着ているせいだろうか。葉月さんの話は続いている。

「祖父は料理には興味がなくて、朝はトーストだけ、昼はおそうめんかうどんばかりたべていました。器には凝っていたのに」

ココアは甘すぎて、僕はコーヒーを注文すればよかったと思った。ウェイターが注文をとりにきたとき、葉月さんがメニューも見ずにきっぱりとココアを注文し、それを聞いた僕はなぜだか自分もココアをのみたいような、というより、なるほど、こういう日にはココア以外にないではないかというような、根拠のない奇妙な確信にとらわれたのだったが、たっぷりとクリームの浮かべられたそれを、僕はすでにもてあましている。

「知佐子さんはおもしろい人だったの」

姉が言った。

「端切れが好きで、大きな箱にいっぱい集めていたんだけど、裁縫は嫌いで、『じゃあその端切れはどうするの？』って訊いたら、『それなのよ、どうしたらいいのかしら』って」

二人の老人の話がひとしきり終ると、ずっと黙っている僕に気を遣ったのか、今度は僕への質問タイムになった。年はいくつかとか職業は何かとか、すぐにこたえられる問いのあいだはよかったが、途中で姉が、「私もよく知らないの」と余計なことを言ったために、驚いた葉月さんの質問はぐっと踏み込んだもの（「どうして？」「何年ぶり？」「じゃあ、今回のことがなければ再会してなかったっていうことですか？」）になり、テーブルできっちり割り勘にしての会計が済むころには、僕のココア（の残骸）は冷えて固まり、表面に膜が張っていた。

お母さまの連絡先を知りたい、と言って葉月さんが僕を驚かせたのは、改札を通り、それぞれの方向（僕は横浜線、姉と葉月さんは中央線）に別れようとしたときだった。無論僕は我関せずを決め（そもそも僕も知らないのだから）、やや強引に挨拶をしてその場から離れたのだが、ココアの甘さがまだ胸にわだかまっており、篠田完爾の孫娘は魅力的だ（そして姉はお喋りだ）という印象が残った。

＊

ピアニストが演奏を再開したとき、重森勉と篠田完爾は女性たちの話をしていたが（「どうして彼女と結婚しなかったの？」「それはまあ、いろいろあってさ」）、宮下知佐子はまったくべつなことを考えていた。「俺は自分で決めようと思っている。まだもうすこし先だけど、そのときがきたら」と、完爾が最初に言ったときのことだ。もう六、七年前になる。場所は完爾の秋田の家で、三人は裏庭にでていた。裏庭には小屋があり、完爾がそこで飼っていたヤギが、たまたま小屋の外につながれていた。よく人に慣れた大人しいヤギで、知佐子がおそるおそる近づいて、なでてもいやがらなかった。当時、完爾は二度目のラジオ波照射を終えたところで、外からは、以前と変らず元気そうに見えた。それでも完爾の言葉が冗談ではないことが、知佐子にも勉にもわかったし、ああ、そういう方法もあるのかと、知佐子は目をひらかれる思いだった。が、勉が冗談めかせて、「じゃあ俺も便乗するかな、そのときがきたら」と言ったのに対し、知佐子は反射的に、「あたしはいやよ、そんなの」とこたえたことを憶えている。結局のところ、勉の反応と自分の反応に大差はなかったのだといまならばわかる。あれからきょうまでに何度も、知佐子はそのときのことを思いだした。天気のいい夏の朝だった。完爾の焼いてくれたトーストを三人でたべたあとで（ただのトーストなのに、あの家でたべるそれはいつも妙においしかった。トースターではなく電熱器で焼くから、水分が逃げないのだと完爾は言っていた）、そして、裏庭にはヤギがいた。ヤギには上の歯がなくて、下の歯と上あごで草を食むのだということを、知佐子がはじめて知ったのもあの日だった。

「もう時効なんだから言っちゃいなさいよ」

勉が完爾に言う。

「杉浦先生の事務所にいたあの女の子、その後なんでだかあの売れない役者と結婚しちゃったあの子だってさ……」

あの家、と知佐子はさらに回想する。住む人がいなくなってしまったという理由で、完爾が設計者を介して破格に安く譲り受けたというあの秋田の家は、マンション暮しの長い知佐子に子供のころを思いださせる、なつかしい佇いの家だった。完爾が移り住んでからの十年間に、勉といっしょに五、六度は訪ねただろうか。普段使っていない二階は薄暗くて暖かった（そして、その二階に客用寝室はあった）けれど、一階は冬でも暖かく、居心地がよかった。厚ぼったいガラスの嵌められた昔風の戸や、前の持ち主のものをそのまま使っているという大きなテーブル、泥つきの野菜が箱のまま置かれていた勝手口や、昨今の家にはないたっぷりした深さのシンク。棚にたくさんの書籍やレコードがならび、折々に贈られた絵画や写真が壁を飾り、知佐子には用途不明の器具や道具（たいていはオーディオ関連らしかったが、なかには一目で医療器具とわかるものもあった）が置かれた居間は、完爾という人そのものみたいな部屋だった。それにもちろんあの裏庭と、小屋とヤギ――。

一度目のステージとは趣向を変えて、ピアニストは日本のポップスを、こういう場所のBGMらしくアレンジして弾くことにしたようだった。女性にまつわる勉の質問をはぐらかしながら、完爾は曲が変るたびに、誰の歌だったか思いだそうとしている。あきらかに知らない曲ならばそれでいいのだが、たいていは聴き覚えがあり、知っている曲だということはわかるのに、タイトルも歌手名もでないのがもどかしかった（井上陽水の〝少年時代〟だけはわかった）。

「だけどさ、大西先生はあのころ、随分知佐ちゃんにご執心だったぞ？」

完爾が曲に気をとられているうちに、勉は質問の矛先を知佐子に向けていた。

「他社のパーティとか酒の席とかにも、よくご指名で連れ回されていたし」

「そんなの、数に入りません」

知佐子がぴしゃりとこたえる。

「でも、勉ちゃんはつまらないことをほんとうによく憶えてるのね、感心しちゃう」

「まったく」

完爾は同意する。三人のなかで、勉がいちばん早く会社を離れたというのに。

「つまらないことじゃありませんよ。男女関係は人生の一大事でしょうに」

勉が言い、ウェイターの視線をとらえて水割りのおかわりを頼む。

ふいに、完爾は勉をうらやましく思った。女性と関係を持ったびに、〝一大事〟としてその色恋沙汰に取り組んできたというのは、ある種偉大なことだと完爾には思える。どれだけの時間と感情を費せばそんなことができるのだろうか。それは多寡ではなく、密度と誠意の問題だった。完爾自身は、結婚を境に女性と距離を置いてきた。気持ちが合ったり、なんらかのはずみでそういうことになった女性もいたことはいたが、完爾は彼女たちを一様に、女友達であり妻とは別種のものと考えてきた。それが悪いとは思わないが、自分が〝一大事〟を避けて生きたことは事実だ。

「最後はいつ」

考える前に言葉が口をついてでた。

「え？」

驚いた顔をした勉の横で、

「最後の逢瀬かあ、ロマンティックね」

と知佐子が呟くと、

「ちがうよ、いや、そういうんじゃなくて、そんなの憶えてないよ、大昔だよ、忘れちゃったよ」

と、勉は過剰に言葉を重ねた。

「あ。勉ちゃん、いま嘘ついたでしょ」

したり顔で知佐子が言い、それは完爾の即座に思ったことでもあった。重森勉は昔から、嘘の下手な男だった。

*

茶谷守也の肌はやわらかく、身体のどこにも骨ばったところがない。ムキムキと筋肉が目に見えるところも。すべらか、と踏子は思う。事を終えたあとのベッドで、満腹の猫みたいに安心な気持ちで。

「でも珍しいね、踏子がそんなにすぐに打ちとけるなんて」

守也が言う。

「なんていうか、垣根のない人なの」

踏子はこたえ、起こした上体の胸元まで毛布をひっぱりあげる。

「話してて全然疲れなかった」

「隣の子供みたいに？」

守也は茶化そうとしたつもりらしかったが、

「そう！　まったくそんな感じ」

と踏子は素直に応じた。ほんとうにそんな感じだったからだ。知佐子さんの納骨の日に知り合った篠田葉月のことだ。

「亡くなったおじいさんが大好きだったみたい」

踏子は報告する（報告も、踏子が恋人に求める要素の一つだ。日々の出来事を報告したりされたりする相手がいるのといないのとでは、人生の安定感が全然違う）。

「でもウェットな悲しみ方はしていなくて、おじいさんの決断を尊重しているって言ってた」

「尊重」

守也がくり返す。

「冷静な子みたいだね」

「冷静」

今度は踏子がくり返し、そうかもしれないと思った。お茶でものんで行きませんかと言ったのは彼女だったし、いま思うと、それには目的があったのかもしれない。

「母の連絡先を知りたいって言われたの」

踏子は言い、シャツだけを羽織ってベッドからでる。

「彼女の両親は知佐子さんのことも重森っていう人のことも知らなくて、でもうちの母は三人全部を知ってるの。母が子供のころ、知佐子さんは自宅に人を招くのが好きだったから」

のみ終ったビールの空き缶を拾い、台所のゴミ箱に捨てに行く。今夜は守也が帰ったあと、朝まで仕事をするつもりだ。寝室に戻ると、守也は服を身につけているところだった。合図を読み取ってくれたのだ。

「踏子のお母さんってどんなひと?」

ベッドに腰掛け、靴下をはきながら訊く。

「男なしじゃ生きられないひと」

踏子はこたえた。

「それなのに関係を長もちさせられないひと」

「まじか。悲劇じゃん」

それが、そうでもないのだと踏子は思う。大人になって以降の自分が見る限り、母親の恋愛はいつもある種の諦念に支えられており、だから傷つくのも悲劇的なのも、むしろ相手の方なのだ、気の毒なことに。

「そうそう、これ、よかったら持って帰って」

踏子は言い、台所で見つけたウイスキーボンボンの箱を手渡す。

「このあいだ編集の人にもらったんだけど、私はちょっと苦手で」

「え？　そうなの？」

守也は意外そうな顔をする。

「踏子は酒もチョコレートも好きじゃん」

「そうなんだけど、なかからとろって液体がでてくるのはダメなの。お酒が練り込まれたチョコレートは好きなんだけど」

「じゃ、バッカスはダメ？」

「うん。ラミーは好き」

そんなことを言い合うあいだにも、守也は早速箱をあけ、中身を一つ取りだして銀紙をむく。

「俺、子供のころからこういうの大好き。だいたいさ、チョコレートが洋酒のボトル形だっていうのがクールじゃん？　それでさ、絶対こうやってたべた」

と言うと、ボトルの首にあたる部分をそっとかじってから、大げさな身ぶりで中のウイスキーをのみ干して見せる。

葬式の次は結婚式か。河合順一は新郎新婦を眺めながら、まったく人生というのは慌しい、と思った。純白の総レースではあるがミニ丈のワンピース、という斬新なウエディングドレスを着た新婦は順一の娘だ。前妻との離婚後も娘とは定期的に会っていたが、娘が社会人になって以降は（おもに娘の都合によって）間遠になり、気がつけば二年以上会っていなかったところに、いきなり結婚を知らされたのだった。シルバーグレイのタキシードを着た長身の新郎とは、だからきょうまでに一度会ったきりだ。去年の暮れに、ひさしぶりに娘から連絡があり、指定された店（中目黒の小洒落た和食屋）にでかけたところ、こいつがいたのだった。無論養育費は払っていたにしても、育児は（離婚する前からすでに）前妻任せだったし、成人女性である娘の結婚をうんぬんできる立場に自分がないことは承知しており、実際、紹介された男は印象として好青年でもあったのだが、それでもまったく喜べないのは、奇妙といえば奇妙なことだと順一は思う。それは、娘を盗られるとか淋しいとかいうのではなく、もっと客観的な痛痒——そんなものがあるとすればだが——であるように順一には思われ、目の前で不幸になろうとしている人間（たち）に対し、なにもしてやれないばかりか祝福しなくてはならないという理不尽な状況のもたらすもどかしさであり、悲しみだった。そして、それは娘の選んだ男がどんな奴であれおなじことだっただろう。順一の考えでは、すべての結婚は試練だからで、しかも、その試練は永続が前提とされている。

トリュフを散らしたカリフラワーのスープ、なるものをスプーンですくってのみながら、すくなくとも料理は旨い、と順一が気分を切り換えたとき、

「淋しい？」

と妻に訊かれた。前妻ではなく現在の妻で、娘とは二、三度しか会ったことがないのにどういうわけか招待され、私は関係ないので遠慮します、と言うかと思ったのにどういうわけか言わず、順一の隣でスープをのんでいる（おなじテーブルにはもちろん前妻もいる。前妻の弟夫婦と母親も）。

「まさか」

順一はこたえた。

「ヴァージンロード、緊張した？」

妻がさらに尋ね、した、と順一は正直にこたえる。あの場面では、感傷的にならずにいることは不可能だった。赤ん坊だったり乳幼児だったりしたころの娘の記憶だけが蘇るなか、もはや赤ん坊とも乳幼児とも似ても似つかない（あまつさえミニ丈のドレスを着て、のびやかな両脚を晒している）、ほとんど知らない生きものに思えるその娘の腕を取ってしずしずと歩くという経験は、どこか超現実的だった。

新郎の上司だか先輩だかのスピーチを聞くともなく聞きながら、順一はおなじテーブルの面々をこっそり観察する。前妻も、その弟夫婦も母親も、驚くほど昔と変っていないように見える。無論、それぞれ年は取っているものの、基本的な雰囲気はおなじだ。とくに家族が揃ったときに、その場に醸しだされる内輪臭のようなもの――。あのなかに、かつて自分もいたのだと順一は思う。好悪ではなく、単純な信じられなさを感じた。ほとんど冗談のようだ。が、事実順一は、かつて彼らを知っていた。あの、ふくよかであかるい元義母の意外な辛辣さも、元義弟の気弱さも歯ならびの悪さも、その妻のかいがいしさと保守的さも。そう考えると、いちばん知らない（あるいは上手く思いだせない）のが前妻であるような気もした。体型（中背で痩せ型）も髪型（フォーマルな席では決ってバレリーナみたいなひっつめにする）も、冷淡と紙一重の物静かさも昔のままだが、感情の読み取れないところもまた昔のままで、「お元気でしたか」とか「お仕事は順調ですか」とか、「露香(つゆか)ちゃんよかったですね」とか、「いまはどちらにお住いなんですか」とか、社交辞令にしてもいろいろ話しかけてくれた元義弟夫婦とは違って、「おひさしぶり」というひとこと以外、順一に対しては口をひらいていない。

一方、現在の妻はといえば、気おくれするそぶりもなく普段通りにふるまい（目下、クリームコロッケにとりくんでいる）、前妻やその家族とは、無関係を決め込んでいるようだ。まあ、それが賢いのかもしれないと思う反面、随分心臓が強いなと驚かされているのもまた事実で、ということは、もしかすると自分は前妻のことのみならず、現在の妻のこともよくわかっていないのかもしれず、しかしそう考えることはおそろしすぎたので、考えなかったことにしようと順一は決める。さめかけたクリームコロッケにナイフを入れると、中央で大きな栗（そんなものが隠されているとは！）がまっぷたつに切れた。

Ｊａ（そう）、この匂い。

成田から十一時間二十分のフライトを経て、コペンハーゲンに戻った篠田葉月はうれしくなりながら思い、足を早める。空港なんて、見た目といい機能といいどこも似たり寄ったりなのに、それでも匂いは違うのだ。

帰ってきちゃったよ、おじいちゃん。

無意識に胸の内で呟き、今回の帰国のあいだに、祖父に話しかけることがすっかり癖になってしまったことに気づく。こっち、と、方向まで声にださずに呟いていて、自分のことながらすこし呆れた。これではまるで、おじいちゃんを案内しようとしているようだ。それともそうなのだろうか。

おじいちゃん、ここにいる？

それは修辞疑問文だった。祖父が亡くなって以来、葉月は祖父の存在を、常に身近に感じているのだから。

入国審査を通過してエスカレーターで地下に降り、そのまま地下鉄に乗れば市内まではんの十五分だ。葉月はドアの脇に立ち、全身で安堵した。帰ってきた、とまた思う。両親に見送られて西荻の家をあとにしたときにはそれなりに後ろ髪をひかれたし、生れ育った東京という街も日本という国も決して嫌いではないのだが、こうして戻ってきてみると、そのすべてがひどく遠い。葉月にとって、いまの自分の生活はまるごとここにあるのだ。スマートフォンをチェックし、友人たちに短く帰国を知らせると、ちょうどノアポート駅についた。

地上にでると冬の夕暮れで、Ja（そう）、この匂い、と葉月はまたうれしくなって、外気を深く吸い込んだ。肺にしみる寒ささえなつかしい。下宿までは歩いて五、六分の距離だ。コペンハーゲンという街のコンパクトさを、葉月は気に入っている。

普段は自室に直行できる裏口から入るのだが、きょうは玄関のベルを鳴らした。飛行機の時間は伝えてあるが、外出がちな大家は留守かもしれず、そうであれば裏口にまわろうと思っていた。扉があき、たちまち形式的に抱きしめられる。焼く前のパン生地に、薬局で売っている類の化粧品をすりこんだような、この女性独特の匂いがした。

「お帰りなさい、アウゴスタ。ご家族はどんなふうだった？」

元高校教師で未亡人の大家は、いつ会っても活力に満ちている。葉月の名前をどうしても上手く発音できず、八月という意味だと話した途端、迷いもなくアウゴスタと呼ぶようになった。

「みんな元気でした。もちろん祖父を除いてですけど」

冗談のつもりだったが大家は笑わず、

「もちろんそうね。ほんとうにお気の毒でした」

と、前にも言ってくれたお悔みをまた言ってくれる。それは当然予期できたはずの反応で、葉月は、自分がいまの言葉を、大家を笑わせようとして言ったのではなく、祖父を笑わせようとして言ったことに気づく。祖父ならば苦笑したはずだ。

「ここは変りなかったですか？　何かニュースは？」

大家は周囲の人々の〝ニュース〟に精通しているので、それを訊かれるとはりきる。

「あったわよ、そりゃあいろいろ」

案の定そうこたえた。

「いまお茶を淹れるから、まず荷物を置いていらっしゃい」

シャワーも浴びたいのだけれど、そのあとでもいいかと訊くと、大家はＪａ、Ｊａ、と低く呟く。

間接照明のみの薄暗い階段をのぼって自室にたどりつくと、葉月はまず窓をあけた。ベッド脇に箱が置かれているのは目に入ったが、あえて近づかなかった。祖父からの船便だと、父親から聞いて知っていた。いまはまだあけたくない。

荷物をほどき、シャワーを浴びる。たった一月ちょっと留守にしただけなのに、狭い浴室も黄色いシャワーカーテンもなつかしかった。ここは葉月がこの国に来て三つ目の住居で、最初に住んだ学生用の共同住宅よりずっと快適で、次に住んだウスタブロのアパートよりずっと家賃が安い。

飛行機のなかで泥のように眠り、機内食をたべそびれていた葉月は、全身を泡だらけにしながら、自分がかなり空腹であることに気づく。いいぞ、と思ったのは、今夜はこれから近所のレストランに行くつもりだからで（良心的な値段で味がいいし、馴染みのウェイターたちにも会いたかった。それに、あそこならばきっと祖父も気に入るはずだ）、でもその前に、大家とのお茶がある。お土産――大家の好物であるかっぱえびせんと、母親に持たされた（ひどく重い）羊羹――を渡すのを忘れないようにしなくては。葉月は自分にそう注意して、あたたかな湯を浴びる。

もうデンマークに着いたころだろうか。篠田東洋は深夜の居間で、置き時計の文字盤を見ながら計算する。妻はすでに寝室にひきあげており、午前一時なのだから静かなのはあたりまえだと思おうとする。が、娘のいない家のなかは、あきらかにきのうまでとは別種の静けさに包まれていて、そのことが東洋を落着かない気持ちにさせる。葉月は賑やかな娘ではないし、家にいたとしてもこの時間には眠っているわけだから、おなじことのはずなのに――。

父親のことを考える。ひとりきりで暮していた秋田の家は、ここよりもさらに静かだったはずだ。山のなかだから、夜は深く暗かっただろう。毎晩どう過ごしていたのだろう。テレビを観ていたのか、本を読んでいたのか、酒をのんでいたのか、音楽を聴いていたのか。おそらくそのどれもしただろうが、どれもしたくないときもあったに違いなく（ちょうど、いまの東洋がそうなのだが）、そういうときにはどうしていたのだろうか。生前、友達や娘の翠と電話で喋るのが好きだった母親とは異なり、父親は電話での会話を苦手としているところがあって、東洋がかけても、すぐに双方話すことがなくなった。「まあ、なんとかやっているよ」ぎこちない沈黙のあとで、たいていそんなふうに言い、父親は会話を終らせた。電話を切ったあとで、東洋は毎回奇妙な淋しさを覚えたものだった。電話をかける前よりも事を悪くしたような、距離を広げてしまったような感触があり、なぜかうしろめたくなった。

東洋は、ソファの横の小抽出をあける。ハサミや爪切りや住所録といった雑多なものの下から、水色の表紙の大学ノートをとりだす。父親の癌がわかったころに、病院の売店で買い求めたノートで、インフォームドコンセントと呼ばれる医師との面談のたびに、東洋は内容を書き留めてきた。できた癌の位置や大きさ、治療の流れや薬の名前、副作用や生活上の注意点、そのようなことだ。ボールペンの線は、図も文字も乱れている。医師の説明をひとことも聞きもらすまいとしながら、大急ぎかつ必死で書きつけた。すべてをきちんと書きさえすれば、父親を回復させられるかのように。ぱらぱらとページを繰ったあとで、東洋はノートを屑籠に押し込む。もう必要のないものだ。父親の主治医と最後に交わした会話が頭のなかに蘇った。

「お父様は理想的な患者さんでした」

東洋が父親の死を報告すると、驚きの表情と悔みの言葉のあとで、医師はそう言った。

「何年ものあいだ、とり乱すことなく状況に対処しておられました」

と。最近の父親にどこか変った様子はなかったかと尋ねると、まったくなかったという返事だったが、

「でも」

と医師は語をついで、

「病気のことをよく勉強されていましたから、タイミングとしては、よく考え抜かれたという印象を受けます」

と言ったのだった。はじめは一年に一度程度だったラジオ波による治療が、半年に一度になり三か月に一度になって、これはもう抗癌剤を使うしかないと、考えていたところだったと医師は説明した。次の診察日にそう提案するつもりだったと。

「そうなれば、人里離れた場所でのひとり暮しなんて無理です、もう許容できません」

許容、という言葉を医師は使った。おそらく四十代だと思われる、東洋よりも若い医師に、これまで父親は許容されてきたのかと思うと不憫だった。

「私はまだ提案していなかったんです」

父親とたびたび訪れた病院のおなじ応接室で、医師は強調した。

「でも、お父様にはわかっていたんだと思います。タイミングを、正確に把握しておられた」

父親はあの医師を信頼していた、と東洋は思う。セカンドオピニオンのために別の病院に連れて行ったこともあるし、漢方薬やホメオパシーを試してほしいと翠がほとんど懇願したが、結局父親は最初に診断してくれた医師の元で治療することを選んだ。そして、最終的には猟銃を選んだ。

家のなかの静けさに圧倒されそうになり、庭に面したガラス戸をあける。何の音も聞こえなかったが、新鮮な外気を東洋は吸い込んだ。

＊

「あ。勉ちゃん、いま嘘ついたでしょ」

宮下知佐子に言われ、重森勉は動揺する。嘘をついたわけではなかった。最後に女と寝たのがいつだったかなど憶えていない。が、知佐子の発した「最後の逢瀬」という言葉が、数日前のことを勉に否応なく（そしてまざまざと）思いださせた。藍洙とお茶をのんだ午後のことを。藍洙はかつての教え子で、現在は日本人男性と結婚して、小学生の子供を二人育てている。勉が会うのはおよそ二年ぶりで、最後だ。曇った寒い日で——夕方、雪が降るかもしれないと天気予報は言っていたが、結局降らなかった——、場所は彼女の住んでいる街——埼玉県草加市——の、安直なコーヒースタンドだった。近くに行く用事があるからと、嘘をついて会った。二人の子供の母親になっても、藍洙はあいかわらず若々しくはつらつとしていた。あいかわらずはにかんだような笑い方をし、勉のことを「ベンセンセイ」と呼んだ。当時、勉は何人かの生徒に「オトーサン」と呼ばれていたが、藍洙は決してその呼び方で呼ぼうとはしなかった。

　昔のクラスメイトの消息（可欣は上海に帰った、思涵は東京にいて、美容師をしている）や、藍洙自身の近況（ママ友の一人を親友だと思っている、ときどきいっしょにケーキを焼く、上の子は中国語を比較的上手く話すが、下の子はまだあまり話せない、けれどいずれ二人ともバイリンガルに育てたいと思っている）を聞いているあいだ、勉の意識はすこし昔に滑り込んだ。いまはもうないあの日本語学校の狭く薄暗いロビー（自販機だけが立ちならんでいた）、おなじように狭いが、蛍光灯が白々とあかるかった教室（机も椅子も折りたたみ式で、ガタつかないものは一つもなかった）、たくさんの生徒たちの、胸が痛くなるほど真面目な顔、顔、顔。ほんのすこし昔、勉にとってはついこのあいだみたいなものだ。まだほとんど日本語を話せず、夫も子供もいなかった藍洙にとっては大昔かもしれなかったが――。

生徒たちのなかには律儀な奴らがいて、いまでも電話やメイルや年賀状（しかも航空郵便で）を寄越す。そして、そういう生徒たちのなかでも、勉にとって藍洙は特別な存在だった。が、そんなことを旧友二人に話すつもりはなかったので、

「知佐ちゃんこそどうなんだよ。寄り道してきたって？　誰に会ってきたの」

と矛先を変えた。

「歯医者さん」

知佐子は即答する。

「歯医者ぁ？」

肩透かしをくったようで、勉はつい頓狂な声をだした。

「いまさら歯なんか治してどうするんだよ」

が、知佐子は落着き払って微笑み、

「ちがうの。治療してもらいに行ったわけじゃなくて、ご挨拶に寄ったの、すぐ近くだから。今年の診察はもうお終いみたいで閉まってたけど、裏にご自宅があるから」

と言った。

「ほんとうに大昔からお世話になってるの。勿論いまは三代目の若々先生が継いでらして、建物も立派になっているけど、あたしも両親も初代の大先生のときから、夫と娘は二代目の若先生のときから、歯のことは全部お任せしていて」

と説明する。

「近くまで来たんだからご挨拶しなきゃと思って、デパートに寄って〝あも〟を買って、持って行ったの」

「あもって？」

と勉が訊いたのと、

「ご挨拶って」

と完爾が問い返したのは同時だった。

「あもってお菓子よ。知らないの？　小豆のなかに求肥が入っていて、とてもおいしいのよ」

知佐子は勉にそう解説したあとで完爾に向きなおり、

「ご挨拶は普通のご挨拶。心配しなくても大丈夫よ、お別れみたいなことは言っていませんから」

と言う。三人のテーブルに不自然な沈黙が降りる。時刻は八時をまわったところだ。

「でもおかしなことよね」

沈黙を破ったのは知佐子自身だった。

「最後に会うのが家族でも友達でもなく歯医者さんだなんて」

もちろんあなたがたはべつにしてだけれど、とつけ足す。

「朗子ちゃんはどうしてるの？」

完爾が尋ね、勉は反射的に身構えた。朗子というのは知佐子の娘だ。大人しい少女だったころ、勉も完爾も会ったことがある。当時は仲のいい親子だったが、ある時を境に関係が変化し、その変化が悪化の一途をたどってもはや絶縁状態であるらしいことは、親しい人間ならみんな知っていた。知佐子が娘の話題をいやがることも。「あの子の話はしないで」勉も完爾も、ぴしゃりとそう言われたことが何度もあった。

「元気にしてるはずよ」

けれどきょうは、思いのほか静かな声音で言葉が返った。

「あいかわらず男の人べったりで暮しているみたい。あたしの知る限り、酒造メーカー勤務で年下の優男というのが最新のお相手。べつな人に変ったかもしれないけれど、孫娘から聞いた限りでは、それが最新だわね」

話題を変えるチャンスだと勉は思い、

「そういえばこのあいだ新聞広告を見たよ、孫娘さんの新刊小説の」

と言ってみたのだが、完爾は、

「いいのか？」

と訊いた。

「いいのよ」

打てば響く早さで知佐子はこたえ、婉然と微笑む。

「あたしにはあの子は理解できない。でも、それでいいの」

またしても沈黙が降りる。

知佐子はゆっくりまばたきをした。言葉を口にだしてはじめて、自分が本心からそう思っていることがわかり、俄かに愉快な気持ちになる。愉快で身軽な――。

「あの子は大丈夫よ。きっと逞しく生きていくわ」

いいのか、と訊いてくれた完爾の顔をまっすぐに見て言った。店のなかは客が入れかわり立ちかわりして慌しいが、三人のテーブルは静かで、なんだかここだけ凪ぎの海みたいだと知佐子は思う。

＊

働き始めた当初、蕨田圭は店の恒常的な汚れが気になって仕方なかった。昭和三十七年創業の喫茶店〝エルザ〟（創業者である圭の義父が、『野生のエルザ』という本に感動して命名）の床はリノリウム張りで、洗剤をつけて磨いてもまるで代り映えせず、何度か張り替えたと聞く壁紙にしても、元の色（おそらく白だったのだろう）がわからないほど黄ばんでしまっている。窓枠や絵画の額縁や掛け時計といった木製のものは例外なくべたつき、幾つも吊り下げられたランプシェードに至っては、拭けば拭くほど黒ずんでいくかのようなのだ。人形とか砂時計とかガラス玉でできたのれんとか、偽物の金魚が入った金魚鉢とか芸能人のサイン色紙とか、装飾品が多すぎることも掃除を困難にしていた。いずれ改装しなくてはならないだろうと考えていた。店の名物とも言えそうな古い勘定台（コの字型のカウンターで、内側に義母がちんまりと坐る）は残さねばならないだろうが、その他の部分は思いきり変えてシンプルに白と茶色だけで構成し、予算的に可能であれば真鍮をすこしあしらい、入口も、ガラスの自動ドアから重厚な木製の扉にして、と、心中ひそかに計画していた。が、四年の月日が流れ、いつのまにか圭は、このままでもいいのかもしれないと思うようになった。朝八時の開店から夜九時の閉店まで客足の途絶えない人気店だからで、常連客たちが、この店の古さというか変らなさに愛着を持っていることに疑いの余地はない。それに、〝エルザ〟の名誉のためにつけ加えれば、厨房とトイレは十分に清潔なのだ。

というわけで、圭はきょうもここでコーヒーを淹れている。豆から挽く、という以外に特別なこだわりのない、どちらかというとコーヒーよりモーニングを始めとする軽食や、パフェやクリームソーダ目当ての客の多い〝エルザ〟のカウンターで、圭の他には、四十年も前から料理を担当してくれている西田夫妻と、アルバイトの美咲ちゃん、それに毎日顔をだす義母、という布陣だ。去年までは圭の妻も店に立っていた（昔からの常連客には千賀子ちゃんと親しげに呼ばれ、最近の常連客には若ママさんと呼ばれていた）が、圭と住むマンションをでてからは、店に寄りつかない。

「あなたに任せた以上、母の娘である私が口をだすのは違うと思う」

という筋の通し方はわからないでもなかったが、圭としては、そうきっぱり言われても困る、と言いたい。義母にしても妻にしても、神戸の女性は肚の据わり方が違う、というのが圭の偽らざる感想だった。二十三年に及ぶ結婚生活のあとで、他に男ができたと恥入るふうもなく宣言した妻と、それを聞いても顔色一つ変えず、「それだけの覚悟はあるんやろうね」と娘にひとこと問質（といただ）しただけの義母なのだ。圭自身の母親や妹、かつてつきあいのあった女たち（偶然だが、みんな東京生れだ）なら、もっと大事になっていたはずだ。大事、大騒ぎ、愁歎場。そう考えると、愁歎場の苦手な圭は奇妙な感慨を覚える。こんな状況に置かれてもなお、自分が妻と義母の冷静さに救われている気がするのだ。

午後三時、昼のピークが過ぎ、店内に客が二人残っているだけなのを確認して、圭は裏口をでた。そこに灰皿があるのだ。ポケットから箱をだし、煙草を一本抜きだす。目の前は駐車場で、その奥はパチンコ屋だ。この景色もすっかり見馴れた。四年、と改めて思う。

離婚しても店はこのまま継ぐ、と決めたのは、一泊二日で東京に帰ったあとのことだ。もともと、海も山もある神戸の街が気に入っていたし、喫茶店の仕事もおもしろくなってきたところだった。が、妻の告白による衝撃と怒りが大きすぎて、唯々諾々と店を続けるわけにはいかないと、思い込んでしまっていた。お人好しの元婿になるのはいやだった。それに、神戸は小さい街だ。妻や妻の男と、どこで出くわさないとも限らない。

東京では妹の家に泊った。帰京とはいえ実家はとうに手放しており、その街に圭の所有するものは一つもない。かつては大手の製薬会社に勤めていたが、自己都合で退職し、五十一歳になったいま、再就職できる見込みもない。

「難しいことは考えずに、流れに任せればいいんじゃないでしょうかね」

そう言ったのは河合順一だった。納骨のあと、誘われて参加した酒の席でのことだ。あかるいうちから開いている安直な居酒屋に、七、八人いただろうか。出版社を辞めてからの勉について知りたかった圭と、出版社を辞めてからの勉しか知らない河合順一には、互いに話がたくさんあった。知らないことのはずが、知っている、と思わされることもまたたくさんあり、それは勉という人が、いつの時代でも彼らしくあり続けたからに違いないのだが、ともかくその日の酒席は圭にとって初対面の人間ばかりだったにもかかわらず、笑いが絶えずかなり盛りあがり（おかげで、予定していた新幹線を遅らせる羽目になった）、気がつくと勉の思い出だけでなく、自分のこともぽつぽつ話していた。

河合順一は自身も離婚経験者であり、転職のエキスパート（本人の言葉だ）でもあった。「流れに任せればいい」は、そんな順一に、かつて勉がかけた言葉だという。考えてみれば勉という人も、幾つもの職を渡り歩き、住居も転々とし、金も女も得たり失ったりし、子供を持たず、最後には墓石すら拒んで旅立ったのだ。生々流転。互いに酔いがまわるにつれ、圭と順一は何度もそう口にした。まるで合言葉か何かのように。

圭は煙草を灰皿に押しつけて消す。頭上には薄水色の空がひろがっていて、風がやわらかい。そういえば、昼前にやってきた義母が機嫌のいい声で、

「もう春やんねえ」

と言っていた。

「お父さん、いはるで」

とも。お父さんというのはもちろん亡くなった義父のことで、どういうときに「いはる」と感じられるのか圭にはわからないのだが、義母はときどき嬉しそうにそう言うのだ。

突然ごめんなさい。篠田葉月といいます。先月、八王子の霊園でご挨拶だけさせていただいた、篠田完爾の孫娘です。このアドレスは、踏子さんにうかがいました。

お母さまのこと、お悔み申し上げます。お正月の事件（と呼んでいいのかどうかわかりませんが）はとっぴょうしもなさすぎて、私の家族もとり乱していました。

こんなメイルをさしあげることが失礼にならないといいのですが――。いいえ、失礼なのはもう自明ですね。率直に言います。私は、祖父と宮下知佐子さんと重森勉さんの関係に興味があります。一体どんなつながりがあれば、三人でいっしょに逝こうと思えたりするのでしょうか。私の知っている祖父は、何でも一人で決めて実行してしまう人でした。秋田への移住も、病気の治療法もそうですし、仕事を辞めるときも、さらには祖母が病気になったときの病院や治療法も、家族に何の相談もなく決めてしまいました（祖父が祖母のために選んだ病院は北海道にあり、病院のそばに部屋を借りて移り住んだ祖父はともかく、東京にいる家族は、祖母の実の妹たちを含め、かなり困りました）。

宮下さんは、お小さいときに祖父や重森勉さんに何度もお会いになっていると聞きました。三人の関係について、何かご存知のことがあれば教えていただけないでしょうか。印象でも構いません。あるいは、何かお母さまからお聞きになっていることがあれば――。不躾なお願いでごめんなさい。私が宮下さんにこんなメイルをお送りすると知ったら、きっと祖父は添削させろと言うに違いありません。あの八王子の日に、思いきってもっとお話しすればよかったと後悔しています。

篠田葉月

文面を二度読み返し、宮下朗子は視線を室内にさまよわせる。朝の日射しが水みたいに床を浸した、見馴れた自宅のリビングだ。八王子で会った、若い娘の顔を思いだそうとしたのだが、ほっそりした体型と、いい意味で喪服が似合っていないと思ったことしか思いだせなかった。完爾の孫だと自己紹介されたことは憶えている。顔の造作に完爾と似たところがないか、自分が無意識に探したことも。

膝にのせた猫をなでながら、パソコンに目を戻してもう一度読む。あまりにも思いがけないメイルだった。〝とっぴょうしもなさすぎて〟という箇所が朗子は気に入る。ほとんど知らない相手に、こんなメイルを送ってくる度胸も。

葉月からきたもの以外のメイルの返信を済ませ、朗子はパソコンを閉じる。一体どんな返信を書けばいいのかわからなかった。三人の関係に興味がある、と葉月は書いていた(興味、という言葉にも朗子は好感を持った)。その興味は朗子自身が、子供のころから抱き続けてきたものでもあるのだ。

宮下朗子は結婚するまで引越しをしたことが一度もなかった。その後は自分でもあきれるほど引越しだらけの人生なので、少女時代に両親と暮した三鷹の家が、朗子のいちばんながく住んだ家ということになる。短大在学中に妊娠し、卒業と同時に結婚したので二十年に過ぎないとはいえ、男たちに出会う以前の、誰のものでもなかった朗子のすべてはそこにあり、思い出深い場所だった。庭が広く、父親の手製の鳥の巣箱や餌台や、水のみ場や水浴び場があった。当時としてはモダンな建物で、半地下の書庫と防音のピアノ室があった。父親の死後、母親がなぜあの家を手放して都心のマンションに移り住んだのか、朗子は結局訊けずじまいだった。経済的な理由があったとは思えないし、母親にとっても愛着のある家だったに違いないのだが。

客の多い家だった。劇作家だった父親の仕事相手や麻雀仲間、母親の女子校時代の友人たちや、仕事を通じて出会ったらしい人たち、近所に住む夫婦とその愛犬たち。思いだすと、朗子は不思議な気持ちになる。あの家に、来ては去って行ったたくさんの人たち——。当時は子供なりに理解しているつもりだったが、記憶のなかにはどこの誰だったのかわからない人たちもいる。外国人の妻と仲がよさそうだった〝小林さん〟(夏にはいつもアロハシャツを着ていた)とか、「おじちゃんの山の別荘にいつか遊びにおいで」と会うたびに言う、ハンチング帽がトレードマークだった〝こうちゃん〟とか。年齢を考えれば、彼ら彼女らの多くはたぶん、もうこの世のどこにもいないのだろう。そして、そのうちの二人である〝かんじさん〟と〝べんちゃん〟は、母親とおなじ場所に眠っている。

テーブルに置いたスマホを見つめながら、僕は逃げ道を探している。昼休み、妻の作った弁当をたべ終えたところだ。部屋には同僚の医師が一人とトリマーの女の子が二人食事をしているが、ベランダにでれば声は聞こえなくなるので、問題は彼らではない。

「だって、それ、普通のことでしょう？」

ゆうべ、妻はあきれた口調でそう言った。

「おばあさんが亡くなって、それまで疎遠だったお姉さんと連絡が取れるようになって、疎遠だったあいだにあなたは結婚していて、そうしたら次は？　妻を紹介することじゃないの？」

反論しなかったのは同意したからではなく、それがほんとうに〝普通〟なのかどうか、僕にはわからなかったからだ。ほんとうは僕の母にも会いたいのだと妻は言った。けれどもう他人だと僕が言うし、僕自身も疎遠なままなのだから、それはそれでいいと。

「だけどお姉さんとは、このあいだもお茶とかのんだんでしょう？　その前にはお姉さんの家にも行ったわけだし」

妻はそうあげつらい、

「それなのにご挨拶もしなかったら、私が非常識な女だと思われちゃうよ」

としめくくった。非常識――。それも僕にはよくわからない。そんなことを言えば僕の家族自体が非常識だからだ。

「北村先生」

声がして、見ると看護師の一人が戸口に立っていた。

「橋本ココアちゃん目を覚ましたので、階下におりる前に診てあげてください」

ちぎれかけた耳の縫合手術をしたキャバリア犬だ。

「了解」

僕はこたえ、私用電話よりも優先すべき事案ができたことに安堵する。スマホをポケットに入れ、空になったお茶のペットボトルをゴミ箱に捨てた。

僕の勤める動物病院は大きい。実際、四階建てのビルがまるまる一棟病院なのだ。通常の診察およびトリミングは一階で行われるが、複数の検査室と手術室、入院設備は三階と四階にある（ここ二階にあるのは職員の休憩室と、特別入院患者のためのＶＩＰルームだ）。幸い評判がよく、かなり遠くからも患者が来る。常勤の医師だけでこなせる仕事量ではなく、曜日ごとに別な病院から医師を派遣してもらっている。だから、小さい病院のように一人の医師が個々の患者（およびその飼い主）と深くかかわることはできないのだが、僕はそこそこを気に入っている。

橋本ココアちゃんの術後は問題なさそうだった。一階におりて午後の患者を迎える時間だ。

こんなふうだったのだろうか。

半分酔った頭で、踏子はそう考える。鮨屋の座敷は襖がぴったり閉じていて、仲間だけの気安さがある。小説家が二人、編集者が四人、春夏秋冬ごとに仕事を離れてのもうと決めていて、きょうが春のその日だ。会が発足したのは数年前だが、踏子はメンバーのほとんどと、この仕事を始めたとき（ということはもう十六年前だ）からつきあいがある。女性四人、男性二人、年齢は、三十代から五十代までいる。

「『彼女の中身はダチョウのようだと僕は見ているんだ』っていうセリフがその小説にあってね、考えちゃったの、それってどういう意味だと思う？」

「大柄で足が細いとか？」

「彼女の中身だってば」

「足が速い？」

「だから中身」

「鳥なのに飛べないとか？」

「それはあるかも」

「ダチョウっていえばね、ダチョウの卵から抗体をつくる研究というのがあって、将来的には癌に対しても有効な抗体ができるかもしれないっていう話をこのあいだ雑誌で読んだ」

　この面々での酒席がいつもそうであるように、きょうも話題は多岐にわたっている。本のこと恋愛のこと業界の誰彼の噂、大相撲、スニーカーの性能、それぞれの身に起きた小さな事件——。桜の葉で〆た小鯛とか肝といっしょに握ったカワハギとかまだ小さな小鰭（こはだ）

とか、春の鮨は趣があっておいしく、誰もがよくたべてよく喋る。

こんなふうだったのだろうか。

つめたい日本酒をついすいすい身体に収めてしまいながら、踏子の意識は何度でもそこに戻る。知佐子さんも葉月の祖父ももう一人の老人も編集者だった。仕事を離れても親しく、いっしょに酒をのんだり旅行にでかけたりしていた。そして、しまいにはいっしょに逝ってしまった。

「ねえ、もしよ、もし……」

いっしょに死のうって言ったら死ねる？　そう訊こうと思って口をひらいたのだが、言い終える前にばかばかしい質問だと気づいた。

「ごめん。なんでもない」

それでそう言い、

「なによそれ」

とか、

「言ってごらん」

とかの言葉を無視して烏賊の握りを口に放り込むと、おいしさに悶絶してみせて追及をのがれる。踏子にとって、死はまだ遠い何かだ。若くして亡くなる人もいるし、いずれ間違いなく来る何かだと理屈ではわかっているが、具体的に想像するのは難しかった。とくに、こんなにおいしいものをたべているときには。

穴子が運ばれたとき、携帯電話が振動した。半ば黙殺を決め込んで一瞥すると、勇樹の名が表示されており、踏子は箸を置いた。弟からの電話は無闇にうれしい。

「はい」

応答しながら立ちあがり、自分の声が酔っぱらいじみていないか、普段友人たちにだしている声と違わないかと気になった。店のサンダルをつっかけておもてにでる。

「ごめん、勇樹だけど、いま話せる?」

大丈夫、とこたえながら、踏子は、なぜいま弟は謝ったのだろうかと思った。癖なのだろうか。誰かに電話をかけたら、最初に「ごめん」と言うことにしている?

「あのさ、妻が会いたいって言ってて」

短い沈黙がおりる。踏子が黙っていたのは続きがあると思ったからなのだが、

「挨拶っていうか」

と続けた弟の言葉はそこでまた途切れた。鮨屋の戸口脇には柳の木が一本植えられている。日本酒で火照った顔と頭に、夜気が心地よかった。

「べつに急がないけど、来週あたりどうかな」

弟がそこまで言ってようやく、踏子にものみ込めた。

「会いたいって、私に?」

弟が返事をする前に、

「どうして？」

と思わず問いを重ねたが、「挨拶っていうか」という答をすでにもらっていることを思いだした。

「そういうのはちょっと、緊張する」

踏子が言うと、電話口で弟が小さく笑う気配がした。

「知ってる」

と、笑みを含んだままの声音で言う。

「断ってくれてもいいよ」

なんてやさしいんだと踏子は思った。一人で家をとびだし、弟を置き去りにした姉なのに、この子はなんてやさしいんだ。

そのやさしさに甘えて断ろうとしたとき、知佐子さんの顔が浮かんだ。「勇樹とは全然会っていないの？」「昔は仲がよかったのに」「あたしは一人っ子だから、兄弟姉妹がいたら心強いのにって、ずっと思ってたわ」きれいに切り揃えられた白髪頭と、笑うときに大きく上がる両方の口角――。

「断らないことにする」

変なこたえ方になった。

「本気で？」

「本気で」

自信はなかったものの、行くしかないような気がした。一度失った弟を再び失わないためには、たぶん避けられないことなのだろう。が、調子よく日時を決めて電話を切ると、途端に不安が兆した。たとえばいま座敷にいる人々のことなら、酒量も趣味も家族構成も、それどころか個々の恋愛遍歴まで知っているのに、弟のこととなると何も知らない。知らなくても彼の妻に、「挨拶」をするのだ。


A・S・バイアットがその昔、アンデルセンを「心理的テロリスト」と呼んだことについて、葉月は考えている。アンデルセンの書く物語には、「病的な恐怖によって精神を歪める」力があるというのがその呼称の根拠なのだが、葉月には、それはむしろアンデルセンという作家の、常軌を逸した無邪気さに由来するもののように思える。実際、自伝のなかで本人が、「一つの芝居のなかで、人物が多く死ねば死ぬほど、その作は私にはおもしろいように思われた。」と書いているように、アンデルセンは人を恐怖させようとか、人の精神を歪めようとか考えていたわけではなく、単に自分が愉しみ、人も愉しませようとしただけなのだろうと思えるのだ。彼の生きた時代に、それが周囲から理解され難かったことを、葉月はほんとうに気の毒に思う。宗教にまつわるエピソードもそうだ。アンデルセンは、本人の自覚としては敬虔なクリスチャンだったが、神の限りない愛を心から信じていたがために、永遠の業火が燃えさかる地獄の存在を、どうしても認められなかった。神が人間に対してそんなに残酷なことをするはずがない、と確信していたのだ。それで学校の宗教学の授業中に、本人の回想によれば「のびのびと立ち上って」、地獄などないと発言してしまう。それは聖書に書かれていることの否定だ。いまでさえ進化論を認めない人たちがいるというのに、二百年も前のヨーロッパで聖書の内容を（その一部とはいえ）否定するのは天をも恐れぬ所業だったに違いなく、アンデルセンは仰天した宗教学の教師から、「学力がひくい、あまりにもひくい」と言われてしまう。

ほんとうに気の毒に。図書館わきに停めた自転車の鍵をはずしながら、葉月は遠い昔に生きて死んだ作家兼詩人のために頭を振る。もしいま彼がここにいたら、ビールの一杯もごちそうしたいところだ。

三月。夕方の風はまだつめたいものの、空気の緩みかたも空の色も、先月まではあきらかに違う。下宿までの道を自転車で走りながら、この街はほんとうにきれいだ、と、もう何度も思ったことをまた思った。その感慨は、はじめてこの地を踏んだ五年前とすこしも変らないばかりか、ときどきふいに、新しく葉月に迫ってくる。緑の多さ、重厚な古い建築物と、小さくてかわいらしい（そして色とりどりの）モダンな建造物のバランス、街の両側を流れる運河――。

「いい考えとは思えないな」

大学院での二年間を終え、葉月が大学に残ってさらにアンデルセンを研究したいと言ったとき、担当教授はそう言った。アンデルセンはすでに研究し尽されていて、新しい発見は望み薄だ、というのがその理由だったが、そこには言語への危惧もあったのだろうと葉月は思う。大学院の授業は基本的にすべて英語で行われる。父親の仕事の都合で少女時代をシンガポールで過した葉月にとって、英語は不自由なく扱える言語だが、デンマーク語はそうではない。しかもアンデルセンの時代の文献のそれは、葉月がなんとか使いこなしている（つもりの）現代デンマーク語とはかなり違う。院生時代にもそれなりに読み込んだ自負はあったのだが、教授の言葉は、それでは全く不十分だと言外に伝えていた。が、アンデルセンについてもっと知りたくてこの国に来たのだ。葉月はあきらめなかったし、あのときあきらめなくてよかったと、いま心から思う。さいわい、アンデルセンという作家には、他に類を見ないくらいたくさんの資料がある。日記や手紙のみならず、自伝を何ヴァージョンも（！）書き残しているからだ。それらを（四苦八苦しながらでも）原語で読めることは喜びだった（おじいちゃんも、そういうものを残してくれていたらよかったのにと葉月は思う）。実際、アンデルセンの文章には個性と奇妙な生気があって、疾うに死んだ人なのに、近しく知っている人のように感じる。

下宿の門灯がやわらかい光を放っている。葉月は植込みのうしろに自転車を停め、裏口の鍵をあけた。なかに入ると、奥で大家が早目の夕食を作っているらしい匂いがした。

「ただいまー」

声だけ張って二階にあがる。

篠田葉月さま
お手紙ありがとうございます（ほんとうは、メイルと書くべきなのでしょうが、どうしてもお手紙と書いてしまいます。旧世代の人間の融通のきかなさとして、ご容赦ください）。
さて、いきなりがっかりさせてしまうようで申し訳ないのですが、私はもうながいこと母と疎遠で、三人がああいう決意をした経緯や背景については、残念ながら何も知らないのです。お役に立てなくてごめんなさい。もしかすると踏子の方が、多少お役に立つかもしれません。晩年の母と交流があったのは、私ではなく踏子でしたから。
そういうわけで、私に話せるのは昔のことだけです。葉月さんのお手紙にあったように、確かに私はおじいさまのことも重森勉さんのことも存じあげていました。お二人とも、子供の目にも印象的な、魅力的な男性でした。母が彼らを尊敬し、頼りにしていることがわかりましたし、彼らの方でも母を「知佐子」とか「知佐ちゃん」と呼び、かわいがってくれているようでした。私の父は母を「きみ」と呼んでいましたし、私に向って母のことを言うときには「ママ」という呼称を使いましたから、母が誰かに（それも、親し気な呼び捨てとか小さな女の子みたいなちゃんづけとかで）名前を呼ばれているというのは、フシギな感じのすることでした。そして、当然ですが母は生涯知佐子であり知佐ちゃんであって、亡くなるときにもそうあることを選択したのだと感じています。ですから親不孝娘の私としては、母がつねに知佐子であることを可能にしてくださった葉月さんのおじいさまと重森さんに、ただ感謝しております。

感謝といえば、もう一つ。私は母と疎遠になったあとに、おじいさまと何度かお会いしています。母と私の関係を心配して、あいだを取り持とうとしてくださったのです（だいぶお説教もされました）。洞察力のある（ありすぎて、ときどき恐かったほどです）、やさしいかたでした。

長々と書いてしまいました。昔話が葉月さんを退屈させたのでなければいいのですが。

宮下朗子

追伸

お手紙にあった「とっぴょうしもなさすぎて」という言葉、私もまったく同感ですが、当の三人にとっては、それほどとっぴょうしのないことではなかったのだろうという気がしています。

自分からアプローチした結果とはいえ、ほとんど知らない年上の女性からの長文のメイルを、葉月はそれこそ「フシギな」気持ちで読み、この状況を祖父が知ったらどう思うだろうかと想像した。宮下知佐子という人についてもその娘さんについても、葉月は祖父から聞いた覚えがない。というより、家の外での自分について——朗子さんの言い方を借りれば、「完爾さん」である自分について——、祖父は家族に語らなかった。彼が葉月に語ってくれたのは、山についてやスキーについて、キャンプのかまどの石の積み方といったアウトドアのことか、建築についてや美術について（とりわけゲルハルト・リヒターについてはたくさん聞かされた）、文学についてといったいわば彼の専門分野のこと、そうでなければ日常生活におけるもろもろ（意地悪に対する報復は憐憫と軽蔑で十分だということや、人に言っていい冗談とよくない冗談の違い、網戸の洗い方やアロエで傷の手当をする方法、おいしい玉露の淹れ方や、ヤギにたべさせていいものと悪いものの区別などなど）で、考えてみれば彼自身について、祖父は何も話してくれていない。死後に船便で届いた大きな箱にしても、画集や写真集、文庫本が入っていた他は、「いつか読んでごらん」と書かれたメモがあるだけで、葉月が半ば恐れ（というのは、もしそんなものがあれば感傷的になってしまうに違いなかったから）、半ば期待したような手紙——ホテルに残されていたという遺書のように事務的なものではなく、アンデルセンばりに心情を吐露した葉月あての手紙――は入っていなかった。そのことで、葉月が残念に思う反面ほっともすると、わかっていたのかもしれない。恐いほど洞察力があったと、宮下朗子のメイルにも書かれていた。

葉月は早速返信を打つ。家族以外に、祖父を知っている人のいることが嬉しかった。その嬉しさに任せて勢いよく打ったので、よく知らない人にあてたメイルとして礼儀に適ったものかどうかわからなかったが、それを考え始めたら何も書けなくなるので、そのまま送信した。

パンとチーズとハム、という簡単な食事のために台所におりると、料理の匂いだけがこってりと残っていて、大家の姿はすでになかった。彼女は夕食後によく友達の家にでかけてトランプをする。だから友達の家に行ったのかもしれないし、市民センターで定期的に開催される、無料の映画上映会にでかけたのかもしれなかった。

父親の死から二か月半がたち、翠の生活は、表面的には日常に戻った。日常というのは翠の場合、家事と病院通いだ。いっしょに買物や昼食に行くような友達もなく、趣味と呼べるものもない。まだ五十二歳だというのに、と、最近翠はよく思う。まだ五十二歳だというのに、私の生活はまるでおばあさんのそれのようだ、と。そして、診察券だけが増えていくのだ。内科、歯科、眼科、皮膚科、脳神経外科、心療内科、婦人科――。病院というのは、一度行き始めると果てのない旅路になるものらしい。処方される薬の量も増える一方で、こんなに服んで大丈夫なのかしらと心配になるほどだ。

いまも翠は調剤薬局の長椅子に坐って、名前の呼ばれるのを待ちながら、備えつけのテレビをぼんやり眺めているところだ。きょう受診したのは脳神経外科で、偏頭痛持ちの翠はもう三年ほど通っているのだが、ときどき激しい動悸がすることを訴えたら、きょうはいつもの薬三種に加え、新しく心臓の薬も処方された。それで効かなければ心臓の専門医に紹介状を書くと言っていたから、そうなればまた一枚、診察券が増えることになる。

心療内科に通い始めたのは最近のことだ。父親の死後、眠れない日が続いて過呼吸になったり、泣きすぎて吐いたりしたので夫に無理矢理連れて行かれた。そこの医師は翠の夫の知り合いで、いろいろとよくはしてくれるものの、そこで処方される幾つもの薬を服んでも、あいかわらず涙はふいに溢れでるのだ。困るのは、いつ溢れだすのか予測がつかない点で、たとえば庭に植えた球根の一つが今年最初の花を咲かせているのを発見したときや、スーパーマーケットで買物をすませ、おもてにでると雨が降っていたとき、あるいはたまたま乗ったタクシーの運転手の感じが悪かったとき、世界が父親の不在で構成されている、という感覚にいきなり襲われる。その感覚は手でさわれそうに生々しく、世界そのものとおなじだけ巨大で、翠をすくみあがらせる。すると、足がふるえ、息が苦しくなって、涙が噴出するのだ。

何か趣味を持つべきかもしれない。音の消えたテレビ画面を見つめたまま、翠は思う。十代のころにかじった油絵を、もう一度描き始めるのはどうだろう。あるいは思いきってカルチャーセンターの講座に通うとか――。ともかく家事と病院通い以外の何かが、自分には必要な気がする。

ようやく名前を呼ばれ、薬を受け取っておもてにでた。JRの駅までは、歩いて十二分の距離だ。途中にある中華料理店に翠はいつも心惹かれる（家庭的な雰囲気の店で、逆さまになった福の字の飾りが、こちらを差し招いているように思える）のだが、一人で入る度胸などあるはずもなく、今度夫を誘ってみようと通るたびに思いはするものの、夫の性格からすると、中華ならどこそこの方が旨いとか居心地がいいとかの理由で、きっと行きつけの店を選ぶだろうことも翠にはわかっていた。たぶん私はこの店に、生涯入ることがないのだろう。予想というより確信に近い気持ちで翠は思う。そして、そう思うことは奇妙にやすらかなのだった。

テレビを観ながら食事をするということに、踏子は慣れていない。が、それが普通なのかもしれなかった。なにしろ弟の勇樹はきょうの約束に関して、普通という言葉を連発していたから。

まず、場所の問題があった。弟夫婦に会う日時を決めたとき、場所は弟夫婦の家かどこかの店だろうと踏子はひとり合点していたのだが、指定されたのは弟の妻の実家で、電話口の勇樹はぼそぼそした声で、「だって結婚したんだからさ、家族ぐるみが普通らしいよ」と説明した。さらにきのう、「あした、よろしくお願いします。普通の服装で頼みます。手土産とかも普通でいいから」というラインが届いたときには、踏子は心底恐怖した。たまたまセックスをしに来ていた守也に、普通の服装とはどんな服装か、普通の手土産とは何か、とり乱しつつ尋ねてしまったほどだ（手土産については「菓子」と即答があったが、服装についてはわからないという返事だった）。守也は踏子の狼狽ぶりをおもしろがり、マジックミラーごしに見たいとかペットとしてついて行きたいとかふざけたことを言って踏子を怒らせたのだが、こうしていざこの場に来てみると、おもしろがられてもいいから守也にそばにいてほしかった。

　テレビには、芸能人が地方に行って、郷土料理をひたすらたべる番組が映っている。

「どんなご本を書いていらっしゃるの？」

　とか、

「ご両親はいまどうしておられるのかな」

　とか、波状攻撃のごとく繰り出される質問の一つずつにこたえながら、手羽先の焼いたのとか衣被（きぬかつぎ）とかを口に運び、踏子は、自分がこうして見ず知らずの人の家に招かれているという現実に、背骨と尾骶骨がもぞもぞするような違和感を覚える。が、同時に、勇樹はこの人々とすでに何年も親戚づきあいというやつをしているのだ、と思うと、弟に対して尊敬の念も抱いた。

「もっと召しあがって」

弟の妻の母親が言い、踏子は「ありがとうございます」とこたえる。干しブドウ入りのにんじんサラダとか豚の角煮とか、料理は次々運ばれるのだが、大皿に盛られているのでつい手をだしそびれているうちに、銘々皿にたっぷり取り分けられてしまう、ということをくり返していた。そうしながら、踏子は弟の妻を観察する。理保、という名のその娘は小柄で、あまり喋らないが、喋ると語尾がカジュアルで、「じゃん」とか「だよ」とか「だもん」とか、子供のような物言いをする。きりりとした顔立ちは整っていて、やや気の強そうな印象を与える。料理を運んだり空いた皿をさげたりとよく立ち働く。勇樹のことを「あなた」と呼び、両親のことは「パパ」「ママ」と呼ぶ（踏子はまだ何とも呼ばれていない）。そして、自分の実家にいるのだから当然かもしれなかったが、踏子の目に、理保はのびのびして見えた。若干のびのびしすぎているように。

踏子にはこの女性と弟とのロマンスを想像することができなかったが、ではどんな女性となら想像できるのかと自問しても、こたえは見つけられない。自分は大人になってからの勇樹のことを、何も知らないのだとまた思った。小学生のころ、弟が相撲の星取表をつけていたことは憶えているし、買ってもらった顕微鏡を大切にしていたことや、ソフトクリームのヴァニラもチョコレートも好きなのに、ミックスは味が混ざるからいやだと言っていたことも憶えているのだが――。

ともあれ、弟の新しい家族は善い人たちのようだった。「ようやく勇樹さんのご家族に会えて嬉しい」という意味のことを母親は何度も言ってくれたし、「おばあさんのアレがなかったら会えなかったわけだもんなあ」と、そのたびにつけ加えずにいられないらしい父親にしても、「弟さんは立派な青年ですよ」と勇樹をほめてくれた（酒がまわるにつれ、「いや、しかしおばあさんのアレには驚いたなあ。正月にここで、まさにこのテレビでニュース速報を見て、そのときにはまさか自分たちに関係のある人だとは思いもしなかったからなあ」と、たびたび知佐子さんの訃報に言及することには閉口させられたにしても）。すすめられるままにたべてのみ、食後に登場した掛け軸（「価値のあるものかどうかはわからないんだけど」）を鑑賞し、踏子が弟夫婦と共にその家を辞去したのは十時すぎで、「近くだから、ちょっと家に寄っていきませんか？」と誘ってくれた弟の妻には悪いと思ったけれども、踏子の社交能力はそろそろ限界を迎えていた。それで、翌朝早いからと嘘をついて断った。

駅まで送ってくれるという弟夫婦と夜道を歩く。

「ほんとうに結婚したのね」

しみじみした声がでた。

「すごいなあ」

結婚の何がすごいのかわからなかったが、弟がそれをした（している）というのは、踏子には驚くべきことに思える。

「お姉さんは？」

弟の妻にいきなり訊かれた。

「お姉さんは、つきあってる人とかいないんですか？」

質問の個人的さ加減とお姉さんという呼称の、どちらに自分がよりうろたえたのかわからない。わからないが、ともかく踏子はうろたえて、こたえるかわりに黙殺するという失敗を犯した。聞こえなかったふりをして、

「このへんって、立派なお邸がならんでるのね」

と言ったのだ。その結果、

「ごめんなさい、訊いちゃいけなかったですか？」

と、さらに余計なことを言われる羽目になった。沈黙を守っている弟が困惑しているのかおもしろがっているのか、踏子には判断がつかない。

雨が降っている。店には客が一人もいない。あっというまにこんなことになってしまった。新型ウイルスとやらのせいだ。予定していた東欧への買い付け旅行（といっても、半

分は友人たちに会いに行く旅だ。順一には、チェコとハンガリーに友人がいる。どちらも高齢の夫婦で、ひさしぶりの再会をたのしみにしてくれていた）は延期せざるを得なかったし、すでに案内状をだしてしまった〝勉さんを偲ぶ会〟も、中止の決断を迫られている。

ウイルス。そんなものがやってくるとは想像もしていなかった。が、やってきたのだ。店に客が来ないことを除けば、順一の生活に変りはない。あいかわらず七時起床、九時すぎに自転車出勤、十一時開店八時閉店、昼は妻の作った弁当をたべ、夜は商店街で適当に何かつまんでから帰る。けれどおもてにはあきらかに不穏な空気が漂っているし、テレビをつければそのニュースばかりで、妻は怯えてほとんど家から一歩もでない。

勉さんも生きていたらよかったのにと順一は思う。もうすこしながく生きていたら、この異常事態を目撃できたのに。昔から、勉は異常事態をおもしろがった。「すごいことが起こるもんだね、しかし」大きな事件が起きると、そんなふうに言った。順一はひきだしをあけ、勉から届いた葉書をとりだす。女性的とも呼べそうに繊細で美しい文字は、無論現在のウイルス騒ぎなど知らない人間の書いたものだ。

迷惑をかけてすまない。平身低頭、深謝。こんなこと、言えた義理ではないかもしれないが、我ながらおもしろい人生だったと思っている。また会おう。まあ、あの世というものがあればだけどな。　　　勉

何度も眺めすぎたためか、言葉の意味は薄れ、文字だけが絵のように存在している。自

分のよく知っている勉が、ひきだしに入っているみたいだと順一は思う。

＊

バイオレットフィズを頼んだのは気まぐれだった。もう何十年も口にしていない。若いころに名前を覚え、しゃれていると思って一時期凝ってのんでいた。

「いまもあるのね、こんなカクテル」

いかにも若い娘が好みそうな、美しい色と名前を持つそののみものを、自分のような老女が頼んでしまったことが気恥しくて、知佐子は言い訳のようにそう言ってみる。

「ん？」

勉は知佐子の手元を一瞥し、

「そういや最近見ないね」

と呟く。

「のまないんじゃないの、最近の人はそういうの」

「じゃあ、何をのむの？」

尋ねた知佐子も尋ねられた勉も笑ってしまったのは、自分たちが同時に店内を見回したからだ。ざっと見た限り、男性は水割りを、女性はワインをのんでいる人が多い。場所柄なのか大晦日だからなのか、シャンパンも人気があるようだ。

「なんだか没個性的でつまらないわね」

知佐子が感想を述べると、

「そんなこと言ったって、他人ののむものなんだから」

と勉は言った。

「しょうがないひとだね」

と。その言い方の、何かが知佐子を安心させる。「しょうがないひと」は無論ほめ言葉ではないが、勉が口にすると、そう悪くない意味に聞こえる。

「ねえ、勉ちゃんは――」

知佐子は思いきって口をひらいた。なんとなく完爾の前では訊きづらかったのだが、いま完爾は席を外している。

「完爾さんが最初に計画を口にしたとき、どうして即座に『俺も』って言ったの？」

訊いてすぐに、訊くべきではなかったかもしれないと思った。理由はともかく、意志についてはお互い何年もかけて確認してきたのだから。が、勉は、

「なんでって、俺はもう終ってるから」

とあっさりこたえた。

「その前から自分でも考えてたしね。一人で樹海に迷い込むとか、部屋で首くくるとか」

知佐子は驚く。

「そうなの？」

「うん」

勉は微笑む。

「だから、二人には悪いけども、俺は完全に便乗」

金もないしさ、と、さばさばとつけたす。確かに勉の経済の逼迫ぶりは見ていて気の毒なほどで、知佐子と完爾の再三にわたる援助も当座しのぎにしかならないようではあった。

「でも、お金なんて」

言いかけた知佐子を勉はさえぎる。

「野暮は言いっこなし。選べるのは〝いつ〟ってことだけで、万人に等しくそれは来るんだから」

知佐子は黙った。その通りだと思ったからだ。そして、あたしは、と胸の内で言う。あたしはお金はあるんだけど、お金があってもほしいものがなくなっちゃったの。ほしいものも、行きたいところも、会いたい人も、ここにはもうなんにもないの。

薄紫色のカクテルは甘く強く、どこか淋しい味がした。

「雨降りお月さんっていう童謡があるでしょ」

ふいに思いだし、知佐子は言った。

「あたしね、子供のころ、あれをお月さんがお嫁に行く歌だと思ってたの」

「違うの？」

尋ねられ、知佐子は驚く。

「違うわよ。お嫁に行くのは普通のお嫁さん。雨だから、お月さんは雲の陰に隠れてるの」

「うん」

頼りない相槌に、知佐子は若干拍子抜けする。

「勉ちゃん、この歌知らないの？　野口雨情と中山晋平。有名な曲よ」

知っているけれど歌詞はよく憶えていないと勉はこたえた。

「だけど普通のお嫁さんってどういう意味だ？」

「普通のお嫁さんは普通のお嫁さんよ」

知佐子は説明しようとする。

「でもあたしはそれをお月さんだと思ってたっていう話。お月さんはいつでも夜空にぽつんと一人でいるんだから、お嫁に行くときもそりゃあ一人だろうなって想像してたっていう、それだけの話」

言い終えて、知佐子はまたカクテルを一口啜る。依然として甘く強く、どこか淋しい味がした。

洗面所の鏡の前で、自分が完全に落着いていることに完爾はやや驚く。もうすこし感傷的になるだろうと予想していたのに、死を前にして、何の感慨も湧かない。酒をのんでいるのに酔ってもいず、それどころか、いつになく意識が冴え冴えとしていた。鏡の中の顔には恐怖もなければ安堵もなく、それは自分の顔なのに、他人のような目でただ無表情にこちらを見返してくる。水がつめたい。いまの自分は、家族とより友人たちとよりこの水と、近しい関係にあると感じる。細くうねりながら蛇口から流れ落ちてくるつめたい水を、完爾は美しいと思った。薄暗くて賑やかだったバーのなかとは対照的に、ここはあかるくて静かだ。

家を手放したときの、思いがけない身軽さを完爾はいまも憶えている。それはほとんど肉体的な快楽で、意識ではなく皮膚や骨や内臓が、解放されたかのようだった。病からばかりではなく一切の過去から。あのときにはもう死が始まっていたのだ。

幾つかの選択肢から、猟銃を選んだのは勉だった。苦痛をながびかせたくないと言い（至近距離で確実にやってほしいと注文もつけられている）、それにほら、どかんとやれば、この世には老人も棲んでるってことを、世のなかの人が思いだすかもしれないしね、と言って笑った。自分にはないその発想を、完爾はいかにも勉らしいと思ったのだったが、その時点では、秋田の家でひっそりと実行するつもりでいた。が、発見が遅れて腐乱するのはいやだと知佐子が主張した。それでいま完爾は（そして知佐子も勉も）ここにいる。完爾は先に逝った妻を思う。一人で勝手に逝ってしまった。あの世の存在など信じてはいないが、それでも、これから俺もそっちに行くよと言いたかった。水道の水同様に、亡き妻も、亡き友人たちも両親も、いまの自分に近しいものだという気がする。たぶん自分はもう半分死んでいるのかもしれなかった。

バーに戻ると、トイレに立つ前とは話題が変っていた。

「じゃあその、手綱の下から見てるのは誰なのよ」

勉が訊き、

「そりゃあ、お馬でしょ」

と知佐子がこたえる。

「手綱をつけられてるのはお馬なんだから」

と。何の話だかわからなかった。完爾は元の場所に腰をおろして腕時計を見る。ちょうど九時になるところだった。

＊

お返事ありがとうございます。祖父に洞察力が「ありすぎて、ときどき恐かった」

というのは、なんとなくわかる気がします。私は甘やかされた孫なので、叱られた記憶はないのですが、それでも、嘘をついたり見栄をはったりするたびに、見透かされているような気がしたものでした。

お母さまが名前で呼ばれていて「フシギな感じ」がしたというのも、とてもよくわかりました。私も、朗子さん（とお呼びしてもいいでしょうか）や河合さんが祖父を「完爾さん」と呼ぶのを聞いて、フシギな感じがしました。我家では、父も母も祖父を「お父さん」と呼んでいました。叔母は「パパ」と呼んでいました。亡くなった祖母は、祖父に直接話しかけるときには「あなた」と呼び、他の人に対して言うときには「あのひと」と呼んでいました。私、どうでもいいことを書いていますね。でも、私は「おじいちゃん」でも「お父さん」でも「あなた」でもなく「完爾さん」だった祖父を、一度でいいから遠くから見てみたかったなあと思うのです。なぜ遠くからかというと、近づけばきっと祖父は即座に「おじいちゃん」風味になってしまって、純然たる「完爾さん」ではなくなってしまうでしょうから。

それに、知佐子さんや重森さんにもお会いしてみたかったです。踏子さんは、知佐子さんを「おもしろい人だった」とおっしゃっていました。お裁縫が苦手だったのに、端切れをたくさん集めていらしたというエピソードや、超のつく愛犬家で、人間より犬の方がずっと好きだと公言していらしたことなんかをうかがって、お会いしたらきっと私は好きになってしまっただろうなと、勝手に想像しています。朗子さんにとっての知佐子さんは、どんなお母さまだったのでしょうか。

そうそう、話は変りますが、私はいま踏子さんの書かれた小説を読んでいます（霊園でお会いしたとき、小説を書かれていると知って、読んでみたいとつい口走ってしまったところ、律儀にもお送り下さったのです）。『素懐と厨芥』という本で、まだ半分くらいですが、とてもおもしろいです。

篠田葉月

篠田葉月さま

お手紙ありがとうございます。若い方からお手紙をいただく機会などないので、嬉しく拝読しました。

私にとって母がどんな母だったかというご質問ですが、いい母だったとおこたえするよりありません。あの時代には珍しくずっと仕事を持っていたにもかかわらず、家事も育児も精力的にこなす人でした（確かに裁縫は苦手でしたが）。

踏子に聞いたのですが、デンマークにお住いなのですね。大学でアンデルセンを研究されているとか。私は母と違ってあまり本を読む人間ではありませんが、それでも『みにくいアヒルの子』や『人魚姫』、『スズの兵隊』なんかは子供のころに読み、印象に残っています。

春になり、日射しはうららかですが、報道は連日おそろしいウイルス一色です。どうぞご自愛専一に。

宮下朗子

こんにちは。ほんとうに、世界じゅう大変なことになっていますね。こちらの人は普段マスクをまずつけないので、多くの人がマスク姿で歩いて（あるいはカフェやベンチに坐って、あるいは自転車に乗って）いるだけで、街全体がものものしく感じられます。

そして、ごめんなさい、私は自分のことを何も説明せずにメイルをお送りしていたのだと、いただいたメイルを読んで気づきました。と言っても、篠田完爾の孫であることとデンマークに留学していることを除けば、お伝えすべきことはもうあまりないのですが。年齢は二十七歳で、未婚で恋人もいません。友達も多くはなく、もしかすると、だからこそ、祖父が最期を共にしようとまで思った知佐子さんと重森さんに興味があるのかもしれません。そんなふうに思える人が、私には全然いないので。

きょうメイルを差しあげたのはアンデルセンについて書きたいと思ったからなのですが（というのも、朗子さんが挙げられた三編は、数多い彼の作品のなかでもとりわけアンデルセン色の強いものだと思うからで、なぜその三編を挙げられたのか、興味津々です）、前置きが長くなりすぎてアルバイトの時間になってしまいました。続きはまた。

篠田葉月

こんにちは。先日は、要領を得ないメイルをお送りしてしまってごめんなさい。最近日本語の文章を書き慣れていないことに加え、例のコロナの影響で、アルバイト（コンパニオンという、留学生の相談相手みたいな役を大学から仰せつかっています）の予定が大幅に狂ってしまって。

ともあれ、続きです。このあいだも書きましたが、朗子さんの挙げられた三編、ほんとうに興味深いです。たとえば『みにくいアヒルの子』で皮肉っぽく描かれる世の中の世智辛さ（冒頭の風景描写の美しさと、母親アヒルが子供たちに教えようとする世の中の大きさを憶えていらっしゃるでしょうか）、『人魚姫』で描かれる恋愛の歪つさ（だって、男の子の恰好をさせられちゃうんですよ、足の痛みに耐え、言葉を失ったあげくに）、『スズの兵隊』の主人公の身にふりかかる理不尽（結末は、何度読んでもあっけにとられます）。どれも、アンデルセンのダークサイドが遺憾なく発揮された物語ばかりです。数ある彼の作品のなかで、なぜこの三編を選ばれたのでしょうか。

研究者のあいだでは、アンデルセンの作品はほぼすべてが自伝的である、というのが定説になっています。この三編はそれを裏づけるような三編でもあるわけなのですが、でも、と私は思うのです。でも、彼はもっとちゃっかりした主人公による人を食ったような物語や、たくましい主人公によるハッピーエンドの物語（『雪の女王』は、きっと読まれたことがおありだと思います）も書いていています。

ダークサイドにばかり焦点をあてられることの多いアンデルセンですが、私は彼の、いわばサニーサイドに焦点をあてるようなアプローチがしたいです。担当教授には、まあやってみなさい的に軽くあしらわれているのですが。

すみません、アンデルセンのこととなると、つい熱くなってしまいます。小学生のころ、はじめてのアンデルセン童話集を買ってくれたのは祖父でした。他にもいろいろな本を買ってもらったのに、その一冊だけが、私にとって、なぜか特別な本でした。当時、父の仕事の都合でシンガポールに住んでいたのですが、その本が好きすぎてつねに持ち歩き、スーパーマーケットの通路でもレストランでも読んでいたことを憶えています。

篠田葉月

この一か月余りにやりとりしたメイルを読み返し、朗子は戸惑わないわけにいかない。

碌に知らない相手に対して、こうも無防備に自分について述べるというのは、いまどきの若い人として普通のことなのだろうか、それともこの子の特殊事情だろうか。外国暮しで未婚で恋人もなく、「友達も多くない」から？　踏子ともやりとりがあるようなのだから、こんな年配者と話す（通信する、だろうか）より、年齢の近い踏子と話した方がいいだろうに。

「またメイルがきたわ」

夕食を終え、ソファに横になってスマホを操作している林春人に報告する。春人とは、いっしょに暮し始めて一年になる。

「なんだって？」

スマホに目を据えたまま、春人はやや大きすぎる声で訊く。ちゃんと聞いているというアピールのつもりなのだ。

「このあいだの続き」

朗子はこたえる。

「アンデルセンのダークサイドとサニーサイド」

つけたしたが、意味のない説明だった。春人からは、

「なんじゃそりゃ」

という声が返っただけだった。

なぜあの三編を挙げたのか、と葉月は質問していたが、朗子としては、たまたまだとしかこたえようがない。たまたま思いだしたのだ。『おやゆびひめ』を挙げてもよかったし、『裸の王様』だってよかった。そもそも、アンデルセンという作家に朗子はたいして興味がない。

「紅茶を淹れるわね」

パソコンを閉じて立ちあがると、

「返事、書かないの？」

と言われた。

「書くわ。書くけれどいまじゃなく、たぶんあした」

朗子はこたえ、スマホを両手の親指で器用に操作するあなたみたいな人と違って、私は手紙を書くのに時間がかかるの、と胸の内で言った。それに、緊急事態宣言のせいで勤め先のスポーツジム（朗子はそこで、管理栄養士をしている）が休業中なので、いまは昼間にもたっぷり時間がある。

台所に移動して、やかんを火にかける。コーヒーよりも紅茶を好み、ミルクもレモンも入れずにストレートで味わう春人のために、茶葉はつねに五、六種類用意してある。

「何がいい？」

尋ねると、ウバというこたえが返った。

私が篠田完爾の孫娘と文通めいたことをしているともし母親が知ったら、きっと驚くだろうと朗子は思う。自分の娘とすら滅多に連絡をとらず、息子に至っては朗子が婚家をでて以来、ついこのあいだまで顔を見たこともなかったのだ。完爾さんの孫娘さんに悪い影響を与えるといけないからやめて、と言うかもしれなかった。

朗子が子供たちを置いて家をでたことを、母親は生涯許さなかった。離婚したいと最初に打ちあけたとき、あなたが男をとっかえひっかえするのは勝手だけれど、子供たちを犠牲にしていいはずはないでしょうと母親は言った。あたしはあなたをそんな娘に育てたおぼえはないと。違う、と、そのとき自分が思ったことを、朗子ははっきり憶えている。違う、私はこういう娘に育ったし、この人なしでは生きられないと気づいただけで、男をとっかえひっかえなんてしていない——。

けれどその通りだったのだ。いま、奇妙に冷静な心持ちで朗子はそれを認められる。現実として私は子供たちを置いて家をでて、その後も男をとっかえひっかえした。男たちはそれぞれに魅力的だったが、結果として誰ひとり朗子を満たしてはくれなかった。

「お湯、沸いてるよ」

のっそりとやってきた春人が言い、盛大に湯気を噴きだしていたやかんの火を止めた。

「ごめんなさい、ちょっとぼんやりしてた」

「最初にポットを温めるんだよね」

春人は朗子の顔色をうかがいながら、自分で紅茶を淹れようとする。

「気をつけてね。お湯、とっとっとっとっとでるから」

朗子は言い、戸棚からウバの茶葉をとりだして、カップを二つ調理台にならべる。


木下藍洙（ランズ）が恩師の死を知ったのは、五月も半ばになってからだった。自死——。大曲（おおまがり）さんはそう言っていたが、藍洙にはとても信じられない。しかし事実で新聞にも週刊誌にも載ったと大曲さんは言い、インターネットで検索すると、確かにその通りなのだった。

西新宿にあった日本語学校を藍洙は思いだす。老朽化したビルの三階にあり、狭いロビーには自販機がならんでいた。日本語の本と中国語の本が半々に詰め込まれた本箱もあり、生徒は誰でも読んでいいことになっていたが、誰も読まなかった。日本語の本が読めるほど日本語のできる生徒は当時そこにいなかったし、中国語の本を自分のたのしみのために——あるいはホームシックをなだめるために——読むような時間のある生徒もいなかったからだ。生徒たちはみんな貧しく、非正規のアルバイトをしながら学校に通っていた。すくないアルバイト料のなかから家族に仕送りをしている子も何人もいた。たいていみんな真面目だったけれど、途中で授業にでなくなってしまう子もいたし、なかにはそもそもの最初から、学生ビザのためだけに入学してくる人もいた。でも、勉先生は、どんな生徒にも熱心に教えた。どんな生徒にもやさしく、親身になって相談に乗ってくれた。そして、そのせいで学校を辞めさせられてしまった。

先生の遺体が発見されたのは一月一日で、その前日には元気な姿が目撃されていたという。藍洙は、最後に会ったときの勉先生を思いだそうとする。雪が降ればホワイトクリスマスになるね、と子供たちと言い合っていたのに結局降らなかった日で、だからあれは十二月二十三日で、亡くなるたった一週間前だ。先生は元気そうに見えた。ひさしぶりに会えてうれしかったが、子供たちに留守番をさせていたし、夕食のための買物もしなくてはならなかったので、一時間にも満たないお喋りをして別れた。先生の方でも、そのあと近くで何か用事があると言っていたから。

でも——。藍洙は考えずにいられない。でも、私は何らかの異変を察知してしかるべきではなかったろうか。先生とは、かつての日本語学校の仲間の集り以外にもときどき会っていたし、藍洙が草加に引越したあとも、子供たちが生れたときには二度とも、お祝いを持って「孫もどきの顔を見に」来てくれたとはいえ、あんなふうにふいに、「近くに用事があるから」という理由で現れたことはこれまでなかった。あのときにはもう死ぬことに決めていたのだろうか。それとも大晦日に突発的に決めた？　藍洙にはわからなかった。

先生はなぜ私に会いに来てくれたのだろう。何か言いたいことがあったのかもしれないが、たわいのない話（子供たちの様子、昔のクラスメイトたちの消息）をしたことしか思いだせない。藍洙は、ひさしぶりに会った恩師に、最近どうされていますかと訊かなかった。お元気でしたか、とは訊いた気がするが、近況については尋ねず(高齢の人の生活にそれほど変化があるとは思えなかったし、先生に妻子のないことは知っていたので、奥さまはお元気ですかとか、お子さんはどうされていますかとか訊くわけにもいかなかった)、自分のことばかり喋ってしまった。藍洙はいまそれを恥ている。近況を訊いたからといって、何がどう変るものでもないのかもしれないが、それでも、訊かなかったのは冷淡すぎたと感じる。

先生にだした年賀状が宛て先不明で戻ってきてしまったとき、おかしいなと思ったけれどそのままにしてしまった。旧正月に合せて家族で里帰りしたかったが、コロナのためにキャンセルせざるを得なくなり、向うにいる親戚の安否も気になって、日々をなんとかやりすごすのに精一杯で、連絡しようとしてみなかった。

ようやくかけた電話が不通だったとき、はじめて病気とか死とかの可能性に思い至った(とはいえ、それはあくまでも先生の年齢故の心配であり、自殺という考えは頭に浮かびもしなかったし、単に引越しただけとか、電話番号を変えただけということも考えられた)。それが二週間前のことだ。藍洙は昔のクラスメイトたちに電話やメイルで訊いてみたが、誰も先生の消息を知らなかった。

そして、きょう、藍洙はフェイスブックでサーチして大曲さんを見つけた(日本語学校でかつて事務をしていた女性で、いまはだんなさんと二人で群馬県でキャンプサイトを経営しているとかで、フェイスブックには美しい空の写真がたくさんアップされていた）。大曲さんは藍洙を憶えていて、すぐに返事をくれた。勉先生の死を、彼女は元の校長から聞いたそうだ。お別れの会が企画されていて、行くつもりだったけれどコロナで中止になったということも教えてくれた（中国出身の藍洙は、コロナという言葉を聞くたびに肩身の狭い思いがする。誰も藍洙を責めてはいないとわかってはいても）。

お墓の場所を尋ねたが、大曲さんは知らなかった。そして、でも、かわりにお別れの会の代表発起人の名前と連絡先を教えてくれた。その人ならきっと知っているだろうからと言って。

藍洙はなんとしてもお墓参りに行くつもりだった。勉先生には日本語を教えてもらったというだけではなく、ほんとうにお世話になったからだ。

不動産業者、建材メーカーや資材メーカーの重役たち、役所の人間たち——。篠田東洋は、これまで毎晩のように会食していた相手の顔を、ぼんやりと思い浮かべる。が、顔はどれも似たり寄ったりになり、上手く思いだせなかった。

目の前には妻の顔がある。そして、食卓には若竹煮と魚の西京焼、それに焼売がならんでいる。コロナウイルスのせいで会食ができなくなり、東洋はこうして毎晩妻と夕食を共にしている。コロナ以前から週末はいつも二人だったのだし、仕事上の会食を愉快だと思ったことはなく（値段ばかり高くて旨くもない店で——あるいは仮に旨い店だったとしても——、よく知らない相手と飲み食いすることに何のよろこびがあるだろう）、だから我家での連日の夕食をもっと心地よく感じてもいいはずだと思うのに、感じられなかった。ニュースでは日々罹患者と重症者の数が発表されており、緊急事態宣言という耳馴れない言葉の響きもものものしく、そのせいで気が塞ぐのかもしれないと考えてはみるものの、それと夕食とはまた別だろう、とも思う。

「葉月、帰ってくればいいのにね」

卓上のコップにビールを注ぎ足してくれながら妻が言った。

「こんなときなんだから」

と、不服そうに。東洋も、すこし前に電話で葉月に帰ってくるよう言ってみたのだ。葉月の返事は「やめとく」で、いま帰国したらデンマークに再入国するのが難しくなりそうだからという理由だった。そのことはすでに妻に話してあり、いまさら蒸し返されても、東洋としては返事のしようがない。それで黙っていた。

「この筍、園ちゃんが送ってくれたのよ」

妻は話題を変える。

「大きくて立派な筍で、切る前に見せたかったわ。写真を撮っておけばよかった」

園ちゃんというのが妻の高校時代の友人であることは知っているが、京都に住んでいるとかで、妻も滅多に会わないらしく、東洋はなおのこと会っていない。最後にその友人が遊びに来たのは、葉月がまだ小学生のころではなかっただろうか。いずれにせよ妻の言葉は自己完結しており、だから東洋は、今度も何も言わなかった。

食事が済み、書斎と呼んでいる自室にひきあげてレコードをかける。ヨハンナ・マルツィを選んだ。随分前に亡くなった、優雅きわまりない音をだすヴァイオリニストだ。自粛要請で、音楽を聴く時間が増えたのは喜ばしいことだと東洋は思う。慎重に針を落すと、かすかな雑音に続いてヴァイオリンの音がこぼれる。まるで音が目に見えるかのようなその一瞬は、東洋の心をふるわせる。この瞬間を、自分は一日じゅう待っていたのだと感じる。

東洋が子供のころに住んでいた家で、父親もよくレコードを聴いていた。オーディオ機器にも凝っていたから、当時としては高品質なヘッドフォンなども持ってはいたが、父親は音をだして、空気に触れさせて聴くことを好んだ。ちょうど、いまの東洋がそうであるように。

しかし、東洋が書斎と呼んでいるこの部屋と、父親の書斎とはまるで似ていない。父親のそれは文字通り書斎であり、壁の三方が本とレコードに埋めつくされていた。来客に対応できるよう小さな応接セットが置かれ、冬でも夏でも快適に過せるように、冷房機やガスストーブが稼働していた。東洋とは違って、父親は自分の職業が気に入っているように見えた。というより、職業と彼自身が不可分であるかのように見えた。家族でさえ、彼と職業のあいだには入れなかったし、彼を美術や書物からひき離すことはできなかった。そのことを、母親はどう思っていたのだろう。

音楽の満ちる部屋（ソファとオーディオの他には掃除機しか置かれていない、殺風景な部屋）のなかで、なにはともあれ父親も母親も、ウイルスの蔓延しているらしいいまの世のなかを見ずに済んでよかったと東洋は思う。母親が生きていれば怯えただろうし、父親が生きていれば——そして、もしあのまま秋田に住んでいたら——、往き来もできず、自分も翠も心配ばかり募らせる羽目になっただろう。

「タイミングとしては、よく考え抜かれたという印象を受けます」

医師はそう言っていた。無論それは病気の進行度合の話であって、世情とは関係のない発言だとわかってはいたが、言い得て妙だと東洋は思い、そんなことを思う自分は冷酷な人間かもしれないとも、また思った。

運河ぞいにカラフルな建物がならぶニューハウンは、普段なら観光客でごったがえしている。カフェのテラス席でパソコンの画面ごしにアルバイトをひとつ終えた葉月は、閑散とした街路を眺める。午後二時、日ざしが運河に反射してきれいだ。葉月のアルバイトは留学生の相談相手（下宿を探したり、図書館のシステムを説明したり、病院に連れて行ったり、悩みを聞いたり、煩雑な各種手続きを手伝ったり、仕事内容は多岐にわたる）で、希望があれば会って話すのが基本だったが、コロナ禍で留学生の半分近くが帰国し、残った半数の面談も、できるだけオンラインでするよう大学側から言われていた。

店からちょうど顔をだしたウェイターにコーヒーのおかわりを頼み、想像もしなかったことが起るものだなと葉月は思う。この街の初夏はこんなに美しいのに、と、例によって祖父に話しかけるつもりで胸の内で続け、どういうわけか、目の前の景色を祖父と共有している気持ちになる。生前の彼を、この街に案内できたことは一度もなかったのに。

きょう面談したのはインド人留学生で、ここに来て二年目の男子学生だ。高校を飛び級したとかでまだ若く、笑うと子供みたいな顔になる。家が裕福で、故郷では公共の乗り物に一度も乗ったことがなかったと言っていた。両親から一時帰国を促されているが、学業を中断したくないし、自転車に乗ってスーパーマーケットに行く生活が気に入っているので断固拒否している、と笑っていた。いろいろな人間がいるものだ。葉月はこの国に来て、何度もそれを思い知らされた。そして、それを思い知らされることが気に入ってもいる。

二杯目のコーヒーをのみながら、葉月は再びパソコンをひらく。画面をスクロールして、宮下朗子からの、最新のメイルを探して読み返した。

篠田葉月さま

アンデルセンが、ほんとうにお好きなのですね。私はその名前からまずパン屋を連想してしまうような人間で、作家の方には全然知識がありません。ですからこのあいだの三編も、考えがあって選んだわけではまったくなくて、そのくらいしか思いつかなかったというのが実情です。がっかりさせてしまったでしょうか。

外国での生活、私には経験がなく、憧れめいた気持ちがある反面、きっと大変なことも多いのだろうと想像しています。ご家族から遠く離れて、一人で——。

三人で逝った老人について、お手紙に「そんなふうに思える人が、私には全然いないので」と書かれていましたが、いない方が健全だと私は思います。断然健全ですと も、と言いたいです。これは、亡くなった三人が不健全だという意味ではなく、なんというか、あの三人だってたぶん、一緒に逝きたいと思い合って逝ったわけではないと思うのです。たまたまそうなっただけなのではないかしら。

踏子からお聞きおよびかどうかわかりませんが、私はかつて、この人と一緒に死にたいとか、一緒なら死ねるとか思いつめたことがあり、ばかだったなあと思います。ばかで、不健全でした。

お勉強にアルバイトにと、お忙しい毎日に違いありませんから、これ以上のお返事はご無用です。ご自愛専一に。

一週間以上前に届いたメイルにまだ返信していないのは、「これ以上のお返事はご無用です」の真意を測りかねているからで、はっきりした物言いを好む葉月は昔から、言外の意図を汲むことが苦手だ。これは拒絶だろうか、それとも日本人的な気遣い？　前者ならもうメイルをださない方がいいのだろうし、でも後者なら、目上の人に「ご無用」と言われたからといってそれを真に受けるのは失礼にあたるだろう。

どっちだろうね。

葉月は祖父に問いかけてみるが、こたえが返らないことはわかっていた。存在は感じるのに、喋ってはくれないのだ。

考えあぐね、結局葉月は画面を最新のものに戻し、大学事務局からの業務連絡メイルや、帰国した留学生からの近況報告メイルといった、返信しやすいものに返信を打つ。その作業には三十分もかからなかった。

お返事無用の真意はともかくとして、宮下朗子のメイルで葉月が気になっているのは、「ご家族から遠く離れて、一人で――」という一文だった。それは葉月の状況というより、朗子自身の状況に思える。踏子も、名前は忘れてしまったがその弟も、母親のことはほとんど（あるいはまったく）知らないと言っていた。そんな境遇は淋しすぎると葉月には思える。

返事、だしてもいいかもしれないね。

祖父に言ったが、それはすでに質問ではなかった。

翠は父親の夢をみた。夢のなかで父親は秋田の家にいて、家のなかはまるで引越し直後（あるいは直前）のように段ボール箱だらけだった。窓の外が雨で室内が薄暗かったことや、父親が生前愛用していた紺色のカーディガンを着て、やはり生前（というより、翠に思いだせる限りの昔から、おなじメーカーのものを何度も買い換えて）愛用していた黒いスリッパ（くたくたにやわらかいヤギ革でできていることを翠は知っていた）をはいていたこと、といった細部ははっきりしているのに、前後というか全体像の曖昧な夢で、ともかく翠はそこにいた、秋田の父親の家に。翠を見ると、父親は困ったような顔をした。おう来たか、でもなければ、何の用だ、でもなく、部屋のなかにただ立っていた。翠は泣かなかったし、笑わなかった。父親に会えてうれしかったが、同時に淋しくもあった。父親がもうすぐ逝ってしまうことがわかっているようなのだった。翠は父親に謝りたかった。けれど言葉は口から出ず、父親とおなじようにただ立っていた。そして、なぜだか部屋の様子に気をとられた。こんなに広かったかしらと思い、趣味のいい部屋だわと思った。まるで、はじめてきちんと見たみたいに。父親は何も言わなかった。あいかわらず、困ったようにそこに立っていた。翠は動くことができなかった。子供のころによくそうしたように（あるいは、もしいまほんとうに父親が生き返ってくれたらそうするだろうように）、駆け寄って抱きつくことは思いつかなかった。窓の外は雨が降っていて、室内は薄暗かった。そんな夢だ。

目をさますと晴れていた。日曜日で、夫が傍らに寝ていた。

朝食のあと、食器を洗いながらその夢を反芻した。自分が何を謝ろうとしたのかわからなかった。思春期に生意気な態度を取ったことだろうか。夫（父親は、翠の夫をあまり気に入っていなかった）と結婚したこと？　それとも一人で死なせてしまったことだろうか。

翠の育った家は、当時としてはスキンシップの多い家だった。兄の東洋は途中からそれを嫌がったが、翠は成人したあとも、よく父や母を抱擁した。母親にはしょっちゅう「あなたは甘ったれね」と言われていたが、子供のころからそうだったので、それが自然だと思っていた。それなのになぜ、夢のなかではそうできなかったのかわからない。

「きょう、ひさしぶりにパパの夢をみたわ」

洗い物を終え、リビングに戻って夫に言うと、

「何時ごろ？」

と訊かれた。

「朝。目がさめる直前で、目がさめたときには八時近かったから」

翠はこたえ、

「場所は秋田の家なんだけど」

と夢の内容を説明しようとしたのだが、

「よかった」

と、夫は中身を聞かずに言った。

「おいで」

と、普段は自分専用のように使っているソファの、自分の隣をぽんぽんたたく。言われるままに近づいて腰をおろすと、

「お父さんの夢をみても泣かなかったね」

という声と共に頭を抱き寄せられた。

「やっぱり医者に行ってよかったじゃないか。薬が効いてるってことだよ」

夫は言い、頭を抱き寄せていない方の手で、翠の膝をぽんぽんたたく。

「そうなの？」

思いがけない指摘に驚いて、翠は反射的に尋ねる。

「これってお薬が効いてるってことなの？」

翠にはわからなかった。父親の夢をみて泣いたことがあるのは事実だが、夢をみても泣かなかったことはなにもこれが初めてではないし、夢などみなくても涙が噴出することも

あるのだ。

ソファの正面のテレビには、一週間分のニュースをまとめて流すワイドショーが映っている。夫に頭を抱かれたままの恰好で、騒々しいテレビ画面をぼんやりと見ながら、

「それならいいんだけど」

と翠は夫を安心させるだけのために、自分の発した問いに自分でこたえた。


ヒュイヒュイッと口笛みたいに鳴く鳥や、ハスキーヴォイスでジューッ、ジューッと鳴く鳥、くちばしが濡れているのかと思うくらい滑らかに、ピュルルイリーアリーアリーアと鳴く鳥や、ひどく性急な感じでキオキオキオキオキオと鳴く鳥。踏子は午前中の仕事部屋で、それらについ気をとられる。東京の住宅地にこんなに様々な鳥がいるのかと驚くくらい、いろいろな声が窓の外でするのだ。チープチープチープチープ（あるいはチーペチーペチーペチーペ）と聞こえる声や、まるで英語の単語のように、whip whip whip whip と聞こえる声。どれも可憐で耳に快く、ついペンを持つ手を止めて聞き入ってしまう。そして疑問に思う。どうしていままで気づかなかったのだろう。もちろん、これまでにも鳥が鳴いているなと思うことはあったし、たまたま姿を見かけることもあった。けれどこれほど多種多様な囀り（さえず）が窓外に溢れていることに、自分は無意識だったと踏子は思う。

初夏。世のなかがどれだけ不穏なことになっていようと、おもてでは小鳥たちが囀って

いるのだ。そう思うと心強い気がした。

もっとも、自宅で仕事をしている踏子の生活は、すくなくとも表面上、以前とたいして変りがない。隣家の陽日ちゃんがぱったり遊びに来なくなり、守也と会う頻度が落ち、映画館に行かれなくなった、というくらいだ。幼稚園に通えなくなってしまった陽日ちゃんや、一時的にとはいえ失職しているボウリング場勤務の守也と比べれば、どうということもない。それなのに小鳥の声になぐさめられている自分を、踏子は弱っていると思う。なんだか私は弱っている、と。そして、それはどうやら、自分がひとりぼっちだという事実に、否応なく向い合わされているかららしいということもわかっていた。隣家の子供と恋人。それ以外に、心配する相手さえいないのだ。

まあ、十七歳のときに家をとびだして以来、そのように生きてきてしまったのだから、仕方ないといえば仕方なかった。

踏子は自分について考えるのをやめ、目の前の原稿に集中しようとする。いま書いているのは中編小説で、登場人物をすべて動物に置き換えてある。ファンタジーではなく、踏子のつもりとしてはむしろ生活臭に満ちた恋愛小説なのだが、妻がオオカミで夫がカメ、そこに雄のオオカミと雌のハリネズミが現れ、さらに子連れの雌ブタも加わる、という設定の、どこまでを読者がリアルなものとして感じてくれるかは未知数だった。カメである夫は、妻ではなく、自分に思いを寄せているらしいハリネズミでもなく、子連れの雌ブタに惹かれている。オオカミである妻は、オオカミ同士の方が上手くいくことが自明であるにもかかわらず、夫を捨てることができない。私ならさっさとオオカミに乗り換えるのに、と思いながら踏子が妻オオカミの逡巡について書いているとき、消音にしてある携帯電話がふるえて、メイルの着信を知らせた。

締切りを一日過ぎているので担当編集者か、そうでなければ守也だろうと思ったのだが、母親からで文面は短く、

元気ですか。葉月さんがあなたの小説をおもしろいと言っていました。

とあった。踏子はめんくらう。一体どういう意味だろう。葉月に送った小説――『素懐と厨芥』――を、自分にも送れという意味だろうか。しかし、あの母親がそんな遠回しな物言いをするとは思えず、ほしければ自分で買うわと言うに違いなく、ということはたぶん単に、葉月の感想を伝えてくれただけなのだろう。でも何のために？

母親のアドレスを葉月に教えたのは踏子だ。そのあと母親から、葉月さんからメイルがきたけれど、あなたがたはどのくらい親しいの？　という主旨の（さらに言えば、私は返事をだした方がいいの？　という確認の）電話がかかってきてもいたので、二人がやりとりをしていることは知っていた。が、葉月とは踏子自身もメイルのやりとりをしていて、送った本の感想も、葉月から直接もらっている。

母親からのメイルの主旨が、二文目ではなく一文目にあるのかもしれないと、いきなり

気づいて踏子は愕然とした。元気ですか。そう問うのは、世のなかの多くの母娘にとって、おそらく普通のことに違いない。けれど踏子と母親に、それはあてはまらない。よほど大事な（あるいは急ぎの）用事がない限りどちらも連絡せずにきたし、その場合、大事な（あるいは急ぎの）用事なのでメイルではなく電話だった。たとえば知佐子さんが亡くなったときとか、踏子の父方の祖母が亡くなったときとか——。

元気ですか。母親からのその問いは、むしろ踏子を心配させる。林さんとうまくいっていないのだろうか（ひょっとして、また別れてしまったとか）？　それとも知佐子さんがいなくなってしまったことが、じわじわ応えている？　それとも単に年をとったということだろうか。

不安になり、電話をかけると母親はすぐにでて、何も変りはないと言った。踏子からの電話に驚いたようで、一体どうしたのと訊きさえした。確かにこの人は昔から、自分の恋愛さえ好調なら好調なのだ、と遠いことを思いだし、踏子は腹立たしい気持ちになる（というのも、踏子には、十七で家出をして母親の元に転がり込んだとき、邪魔がられた——言葉ではっきりそう言われたわけではないにしろ、当時母親が男と住んでいたあのマンションに、突然闖入した娘の居場所はあきらかになかった——という苦い記憶があるからで、そのとき手をさしのべてくれたのが知佐子さんだったわけだが、あのころの母親が男とうまくいっていなくて、だから娘との関係にすらうまく取り組めなかったのだということを、いまの踏子は知っている)。母親が送っているような、男次第の人生というものが踏子には理解できないし、理解したいとも思わなかった。

「急な電話で悪かったわね。へんなメイルを寄越すから心配したんでしょ」

ぶっきらぼうに言って電話を切った。

窓の外は長閑に晴れていて、鳥たちが様々な声で囀っている。

一方的に切れてしまった電話を手に、宮下朗子は困惑する。かけ直すべきだろうか。かけ直して、あんな電話の切り方は失礼だと叱ってやるべき? けれどそう考えた次の瞬間にはすでに、朗子には自分がそうしないことがわかっていた。母親らしいことをまったくしてこなかった母親なのだ。いまさら娘に説教などできるはずもない。元気な声が聞けただけでも御の字だと思うべきだろう。

朗子はやりかけていた台所掃除に戻る。食器棚の中身をすべてテーブルに移して、棚板を一枚ずつ拭いているところだった。洗剤のしみ込んだ使い捨てクロスは手にひんやりとつめたい。朗子はこれまで、好きになった男性に対してなら、いつ電話をする(あるいはメイルをだす、その昔にはもちろん手紙や葉書きをだす)べきで、いつ我慢すべきかわかっていた。それは感覚としかいいようのないもので、無論関係性に大きく左右されるとはいえ、ある特定の相手との波長というものがあり、朗子にはそれを読み間違わない自信があった。が、家族とか友達となるとそれはまったくべつな話で、まず恐怖が先に立ち、次いで逡巡がやってくる。考えあぐね、疲れてしまって、結局連絡しないことになるのだった。

好きになった男性以外の相手にも、用事のないメイルをだしてもいいのかもしれない。重ねた食器を棚に戻しながら朗子は思い、自分がいまそんなことを考えていると知ったら、メイルに驚いて電話をくれたと言っていた踏子は、きっとさらに怒るだろうと想像する。そして、メイルについての自分のこの小さな変化は葉月と関係があるのかもしれないと、ぼんやり考えたりした。

こんにちは。返信していいものかどうか迷いましたが、したい欲求に駆られているのでさせて下さい。

まず、踏子さんの小説、読み終りました。おもしろかった!です。白状すると、私はこの本を読むまで〝素懐〟という言葉も〝厨芥〟という言葉も知りませんでした。でも素懐は私もひそかに胸に抱いていますし、厨芥は下宿の台所にも常にあります。身近なものなのにこれまで名前を知らなかったわけで、名前がつくと俄然そのものの存在感が増しました。

そして、このあいだのメイルに朗子さんが書いていらしたこと、私は全然「ばか」

だとは思いません。情熱的だなあと思います（アンデルセンばかの私としては、どうしてもここで『人魚姫』を思いださないわけにいきません）。まあ、結果として朗子さんが海の泡にならなくて、踏子さんと弟さんのためによかったとは思いますが。

コペンハーゲンはいま美しい季節です。アブナイ人だと思われそうなことを書きますが、私は祖父がこの街に来ているような気がしています。

篠田葉月

タンクトップにロングスカート、黒いライダースジャケットを羽織った思涵（スーハン）はあいかわらずきれいで溌剌としているが、ひさしぶりに会った浩宇（ハオユー）は、随分太って立派な中年男性になっていた。藍洙（ランズ）たち三人はいま八王子の霊園にいて、恩師の眠る地面に手を合せたところだ。曇り空だが蒸し暑く、ツピツピツピ、と鳴く鳥の声が聞こえる。

「勉先生」

呟いて、浩宇が涙ぐむ。というのは控え目な表現かもしれない。男子生徒のなかではこの浩宇がいちばん先生と親しかったことを、藍洙は知っている。

「泣くな！」

思涵が中国語で言うと、浩宇は嗚咽をこらえ、眼鏡をはずして目頭を押さえた。

「この花、つぼみがかわいいね」

藍洙も中国語で言った。三人とももう日本に住んでながいのに、日本人のいない場所で会うと、つい母国語に戻ってしまう。

「ほんと。星みたい」

思涵がこたえる。先生の眠る場所には墓石のかわりに木が植えられていて、ピンクの模様のついた白い小さい花がたくさん咲いていた。

「ここに、先生ほんとにいるのかな」

思涵はしゃがんで、ぼそぼそした土に細い指で触れる。藍洙も真似をしてしゃがみ、土に触れてみた。

「湿ってるね」

藍洙にはまだ信じられない。霊園とか、土とか、具体的なものを目にすればするほど、これらと勉先生は何の関係もない、という気がしてしまう。

「私、藍洙や浩宇と違って不真面目だったから、先生にいつも怒られてたじゃない？」

思涵が言う。

「一度、本気で、めちゃくちゃ怒られたことがあるの。こっちに来て初めて日本人の友達ができて、彼らと遊ぶことに夢中になって、全然学校に行かなくなったとき」

藍洙も憶えていた。「日本人の友達」というのが主に男の子だったことも、勉先生がひどく心配していたことも。

「先生、ほんとうにまじ切れして怒鳴って、目なんて血走っていてこわかったんだけど、私、親にもそんなに怒鳴られたことないのに、なんで他所の小父さんに怒鳴られなきゃいけないのかって腹が立って、反抗して。そのあとほとんど先生と口をきかなかったし、結局一度も謝らなかった」

当時の思涵の態度の悪さを、自分も苦々しく思っていた、と言うかわりに藍洙は「でも」と言った。

「でも、思涵はあのあとちゃんと専門学校の試験に合格したし、こっちでも美容師の資格を取れたじゃない？　先生、喜んでたよ」

と。思涵は細く整えられた眉を寄せ、全く信じていない顔で、

「だといいけど」

と言う。指先の土を払い、そろそろ帰ろうと立ちあがると、また浩宇が泣き始める。肩をふるわせ、さっきよりも激しく泣きじゃくっている。

「泣くな！」

思涵がおなじ言葉を投げつけたが、今度は泣きやまず、

「先生が辞めさせられたとき、俺たち何もしなかった」

と、涙でぐずぐずになった声で言う。

「行くよ」

浩宇を無視して思涵は歩き始めた。

「行こう。雨が降りそうだし、これ以上ここにいると蚊にさされる」

浩宇を促し、藍洙も思涵に従った。夕方の空は匂いが水っぽく、どんよりしている。車で来ているので駐車場まで行けば濡れる心配はないのだが、敷地は広大で、先生の眠っている場所は奥まっていて、出入口まで距離がある。舗装されていない道を歩くのはひさしぶりだった。

「あれはさ、仕方がなかったよ」

思涵のうしろを浩宇とならんで歩きながら、藍洙は言った。

「先生が規則を破ったのは事実だし、私たちにはどうすることもできなかったんだから」

大きな木や小さな木が整然と植えられ、丘があったり池があったりする敷地内で行き合う人は、墓参者というより散策者に見えると藍洙は思う。

「俺はそう思わない」

小さな声で浩宇が言った。

「あのときはそう思ったけど、いまは思わない。何かできたはずだよ、署名を集めるとか、校長に直訴するとか」

短身小太り、いかにも清潔そうなポロシャツにチノパンという服装の浩宇からは、オーデコロンの匂いがする。

当時、あの学校の生徒になるには、日本人の身元保証人が二人必要というルールがあった。親の知り合いとか、アルバイト先の店長とかが引受けてくれる場合はいいのだが、そういう人がいない場合や、いても途中で関係が悪くなってしまう場合も多く、勉先生は生徒たちと縁もゆかりもない自分の知り合いに、次々頼み込んで保証人になってもらっていた。そして、ついにその方法でもいきづまると、自分でたくさんの生徒の保証人になってしまった。教師は保証人になれないという規則があるにもかかわらず。

それに、と、できるだけ公平に考えようとしながら藍洙は思いだす。それに、先生は熱血すぎたし、そのせいで生徒たちに肩入れしすぎていた。お金を貸したりアルバイト先を紹介したり（せっかく紹介してもらったそのバイトをすぐに辞めてしまう子もいたから、先生は困っただろう）、家賃が払えなくなった子を家にしばらく泊めたりもしていて、校長や大曲さんの目に、それらは常軌を逸した行動に見えたはずだ。

だだっぴろい駐車場に、車はぽつぽつとしか停まっていない。いちばん目立つ赤いセダンが、思涵の（というか、思涵の恋人の）車だ。助手席に思涵が乗り、浩宇と藍洙は後部座席に収まった。

「すみません。お待たせしました」

藍洙が頭を日本語に切り換えて言うと、島森さん――というのが思涵の恋人の名前だ――は、

「いえいえ」

とこたえた。サイドブレーキがはずれ、車は滑らかに動き始める。ハンドルを握る島森さんの手が藍洙の位置からも見え（きれいな手だと藍洙は思う。細い手首にはアップルウォッチと革製の腕輪）、あの手で思涵をかき抱くのだろうかと、余計なことを考えてしまう。島森さんは思涵の勤めている美容室の店長で、妻帯者だ。思涵がそういう人とつきあっていることをもし勉先生が知ったら、心配するだろうなと藍洙は思う。空はあいかわらずどんよりしているけれど、雨には降られずに済んだ。もっとも、車に乗せてもらえるのは思涵の住んでいる四谷までなので、その先はわからないけれど。

これで場所がわかったからまた来ますね。

霊園から遠ざかりながら、藍洙は心のなかで先生に（もちろん日本語で）言った。

＊

「だけど、馬っていうのは変だろ？」

重森勉は言った。

「馬丁とか馬子とか、人間の視点だと考える方が自然だろうよ」

「何の話？」

篠田完爾が尋ね、

「童謡の歌詞」

と宮下知佐子がこたえて、雨降りお月さんという童謡の歌詞を、子供のころの自分が誤解していたのだと説明した。月がお嫁に行くのだと思っていたこと、そりゃあお月さんなんだから、当然一人で行くだろうと思っていたこと。

「それでね、二番の歌詞に、『手綱の下からチョイと見ーたーりゃー』っていうのがあって」

と、知佐子は歌詞の部分を歌ってみせる。

「見てるのは誰かって話してたの」

「だいたいさ」

カランと氷を鳴らしてグラスを口元に運び、一啜りして勉が口をはさんだ。

「馬には真後ろを見ることなんて無理だろうよ、考えてもみなさいよ」

「そうかしら」

と知佐子が不服そうに言い、

「そりゃそうだろうよ、あんたはときどきばかなことを言うね、女子大出なのに」

と勉がからかうのを聞きながら、完爾がおもしろいと思ったのは、知佐子が、そりゃあお月さんなんだから、当然一人で行くだろうと思っていたと言ったことで、べつにお月さんじゃなくたって、嫁に行くときは誰だって一人だろうと完爾は思う。それにもちろん死ぬときも。

このあと客室でするつもりのことを完爾は考える。失敗は許されないので、弾を込めない猟銃で何度も練習をしてきた（空撃ちだとわかっていても、はじめのうち、銃口を口にくわえるたびに全身から汗がふきだした）。かつて猟の手ほどきをしてくれた地元の猟師には、空撃ちをすると銃が傷むからよくないと教えられていた。が、銃が傷むことは、もはや完爾に心配できる事柄ではない。

すべてが終れば、そこにあるのは三つのべつべつな死だ。完爾は娘と息子を思う。どちらもとっくに新しい家庭を持ち、それぞれの人生を歩んでいる。辛い思いをさせることはわかっていた。彼らには、新年早々驚愕の厄介事を背負わせることになるのだ。恨まれても仕方がないが、あの父親らしいと思ってもらえることを、どこかで期待してもいた。

「ねえ、完爾さん聞いてた？」

知佐子が言った。

「いや、聞いてなかった」

完爾は認める。

「昔、勉ちゃんによく連れて行ってもらった銀座のお店にきれいなホステスさんがいたでしょう？　勉ちゃんが勤めてたお店じゃなくて、もう一軒のお店の方に」

どうやら童謡の話は終っているようだ。

「うん」

と完爾が相槌を打ったところに知佐子はかぶせるような勢いで、

「勉ちゃんね、あの女の人としばらくいっしょに暮してたんですって」

と、なにか重大発表のように言った。咄嗟に返事ができなかったのは、完爾にとってそれが目新しい情報ではなかったからで、その空気を敏感に察知した知佐子は、鼻から小さく息をこぼし、

「いやだ、知ってたの？　男同士の秘密っていうわけ？」

と、いかにも心外そうに呟く。

＊

妻の妊娠がわかったのは、東京が梅雨入りした日だった。木曜日で、僕は昼間、動物たちの去勢手術を合計で六匹に施していた。内訳は猫が四匹、犬が一匹、それにうさぎが一匹だ。終日曇り空だったが帰るころに弱い雨がぱらつき、病院に何本もある（誰のものかわからない）傘を持って帰ると妻が怒るので――というのも、そのようにして持って帰った他人の傘ですでに傘立てが一杯だからなのだが――、持たずにでたため、自宅に帰りつ

いたときの僕は中途半端に全身が濡れていた。肌に張りついたシャツも濡れた髪も不快で、ともかくまずシャワーを浴びたいとばかり考えているところに、「お帰りなさい」に続けて「見て」と、妻は言ったのだった。それがスティック状の妊娠検査薬であることは一目見てすぐにわかったが、検査結果云々の前にまず頭に浮かんだのは、これは尿をかけて調べるキットだったはずだということで、差しだされたそれから、僕は思わず身を引いてしまった。職業柄、人間以外の動物の場合だ。人間以外の動物の体液にならば怯まないのだが、それはあくまでも相手が人間以外の動物の場合だ。自分の尿をかけた物体を、よく人前に晒せるな、というのがそのときの僕の咄嗟に思ったことで、けれど僕に報告すべく帰宅を待ち構えていたらしい妻は僕の反応に気を悪くするふうもなく、

「ねえねえ、どうよ感想は」

と笑顔で尋ねた。問題は尿ではなく検査結果だ、と遅ればせながら気づいた僕は、こういう場合に夫が口にすべきだと思われる言葉を口にした。

「すごいな。うれしいよ」

口にしてすぐ、「すごいな」は変だったかもしれないと思った。が、妻がさらに言葉を期待しているようだったので、

「いや、びっくりした。びっくりしたけどすごいな。うん、これはすごいことだよ」

と、僕は「すごい」を連発してしまった。無論医者に行くまで確かなことはわからない

にしても、この手の検査の精度がかなり高いことも僕は知っている。子供――。それについて考えたことがなかったわけではない。いずれ、と、いまではない「いつか」を前提に、たとえばマンションを買うときの間取りや、周辺環境を話し合ったりした。しかしそれは「いつか」であって、「そろそろ」という話をしたことはなかったし、性生活も、避妊具こそ使っていなかったものの、妻の身体の外側に放つという方法で、慎重に行っていた。

シャワーを浴びて、食事をした。それからいっしょにテレビを観た。「ピーキー・ブラインダーズ」というネットフリックスのドラマに二人ともハマって、夕食後に毎日一話ずつ（どうしても続きが気になるときには二話）観るのが最近の習慣だった。観ていても、僕はまったくストーリーに集中できなかった。それは妻もおなじだったらしく、観終るや否や、

「だめだ。あしたもう一回おなじところから観よう」

と言った。

「赤ちゃんのことばっかり考えちゃう」

と。そして、まるでそれを証明しようとするかのように、そのあともそれがらみのことばかり話した。

「いまはまだわからないと思うけど、性別がわかったら知りたい？」

とか、

「パパとママにはいつごろ言うべきだと思う？」

とか。

子供――。ほんとうだろうか。べつに妻（ないしは妊娠検査薬）を疑うつもりはないのだが、どうにも実感が持てない。歯を磨いてベッドに入り、目を閉じた僕の脳裡には、昼間の六四分の去勢手術の様子が、なぜだか昔の八ミリフィルムみたいな画質の粗さと風情を伴って、えんえんと再生されている。

もう何日も雨が続いている。傘をさし、なんで俺が、と思いながら、蕨田圭は神戸の街を歩いていた。鯉川筋からトアロードにでて南下し、線路ぞいに歩いて三ノ宮の駅を越える。古い街なみは道の舗装があちこちがたついていて、段差や水たまりが多く歩きにくい。雨はつめたくても気温は高く、湿度はおそらくさらに高くて、汗かきの圭には辛い季節が始まっていた。それでも渋々外にでてきたのは、

「お母さんを迎えに行ってきて」

と、ひさしぶりに店にやってきた元妻の千賀子に頼まれたからだ。元義母はこれもまたひさしぶりに、大好きな雀荘にいる。「緊急事態宣言が解除されたとはいってもコロナの渦中に変りはないのだし、お母さんみたいな年のひとが感染したら大変なだけじゃなく、ご近所の目もあるんだから」という元妻の言い分はもっともだと思ったものの、なんで俺

が、という反抗心めいた気持ちがむくむくと湧いたのも事実で、

「お前が行けばいいじゃないか」

と圭は冷淡にこたえた。が、

「お母さんが私の言うことなんて聞くわけないじゃないの」

と言われればそれはまたその通りで、

「おねがいします」

と拝む恰好までされてしまっては、断りようがなかった。昼時だというのに店に客がすくなくて、西田夫妻と美咲ちゃんだけで十分回せる状態だったことも元妻に有利に働いた。

なーに、それ。お兄ちゃんは人が好すぎるわよ。

離婚の顚末と、今後も店をやっていく決心について話したとき、妹の塁は大きな声でそう言った。

千賀子さんどーいう了見なの？　お兄ちゃんは仕事まで辞めて神戸に行ったのに。

コロナのせいで移動ができないので、電話口でのやりとりだった。いまの圭の姿を見たら、妹はまた大きな声をだすのだろう。

雨脚が強い。最近の雨は梅雨のそれというより熱帯に降るスコールみたいだと圭は思う。

夜の女性たちが着る服屋のならぶ一画を過ぎ、目的のビルに着いた。一階は空き店舗で、二階と三階が雀荘だった。狭い階段をあがり、まず二階を確かめる。入口で手指の消毒と

体温測定を求められたので、圭はひとまずほっとする。店内は窓が幾つかあけ放たれており、換気もされているようだ。二階には三組の客がいた。平日の昼間にこういう場所にいるのは年寄りばかりかと思ったが、圭より若そうな四人組もいて、一人は女性だ。

圭は麻雀をしたことがない。が、緑色のフェルトの張られたクラシックな雀卓や、牌と牌のぶつかるかちりという音、卓を囲む人々の気配には既視感があった。ふいに、ひどくなつかしく感じ、そのことに圭は自分で驚く。昔、父親がよく家に人を招いてこの遊びに興じていたのだ。遊びはたいてい一晩中続き、牌を混ぜる音や客の笑い声が、二階の子供部屋にいても聞こえた。母親がふるまう（子供たちのための夕食とは別種の）料理の匂い——。父親の麻雀仲間には勉ちゃんもいた。普段は穏やかな人なのに、「ポン」とか「チィ」とか宣言するときの声は妙に威勢がよく、ああ、きょうは勉ちゃんが来ているのだな、と、顔を合せなくてもわかった。

あの人々、と、圭はひとまとめに回想する。画家だったり作家だったり教員だったり編集者だったり、俳優だったり植木職人だったりしたあの人々の多くは、たぶんもうこの世にいないのだろう。圭と塁の父親が死んで、今年で二十年になる。

元義母は三階にいた。老人三人（女性が二人、男性が一人）と卓を囲んでいて、圭に気づくと、驚いたふうもなく片手をあげる。四人とも、きちんとマスクを着用している。

「邪魔をして申し訳ないんですけど」

圭が口をひらくと、言葉の最後まで待たず、

「でも、いますぐいうわけにはいかんよ」

と元義母はこたえた。高々と結い上げた黒髪、こってりと施された化粧、Tシャツにロングスカート、首からぶらさげている老眼鏡。

「いまはいっているんやから」

しかし、と圭は思った。しかし、の先は幾つもあり、「しかし、僕は早く店に戻らなきゃならないし」でもよかったし、「しかし、お義母さんがいまここにいることが問題なのであって」でもよく、いっそのこともっと短く、「しかし千賀子が」と言ってもよかった。しかし、それらの言葉はなぜか喉元にわだかまり、

「それにはあと何分くらいかかるんですか」

と圭は訊いていた。

「それは川田さん次第やし、そんなんわかってしもたらおもしろないやんねえ。あほですねえ、圭さんは」

元義母は歌うように軽やかに言い、「川田さん」らしいじいさんが目元だけでにやりと笑う。

「そこに立っていられたら落着かんし、とりあえず向うで待っといて」

向う、と言って彼女が指したのは部屋の隅、喫煙所があったり自動販売機が置かれてい

たりする一角で、圭は大人しくそこに向った。文庫本でも持って来ればよかったと後悔したが、勝負の途中で無理矢理抜けさせたりしてはいけないということくらい、麻雀のできない圭にも——あの父親の息子であり、あの家に育った以上——わかるのだった。

雀が鳴いている。夕方、決ってたくさん電線に集ってきて、憑かれたように鳴き立てるのだ。そして、ある一定の時間が過ぎると一斉に飛び立って行く。

「なんなんだろうね、これ」

ベランダから雀たちを眺めながら踏子は言った。

「どうしてこんなに鳴き立てるんだろう」

実際、壮観と言ってよかった。何本も走る電線のすべてに、びっしり、雀が鈴なりになっている。その鳴き声は空を埋めつくすようだ。

「いつから？」

ベッドから半分身をのりだして守也が訊く。

「わからない。気がついたときにはこうだったの」

雀たちは毎日午後五時すぎにやってきて、二、三十分鳴き立てて飛び去っていく。

「なんかこわいな。黙示録的っていうか」

守也が言い、べつにこわくはないと踏子は思う。べつにこわくはないけれど、この雀たちがみんなどこから来てどこに行くのか、ただ不思議だった。

きょうは守也の仕事が休みの日で、いい天気だったので二人で横浜まで足をのばした。映画館の営業が再開されたことを祝してティモシー・シャラメ主演の映画を一本観て、そのあと映画館の入っている商業ビルのなかを散策した。服屋をひやかし(踏子は守也に服や靴や帽子を試着させて愉しんだが、結局守也は何も買わなかった)、飲食店街を見て回った。釜あげしらすを使った料理ばかりたべさせる店というのを発見し、釜あげしらす好きの踏子は興奮したが、空腹ではなかったので入店はせず、帰って守也と寝る方を選んだのだった。雀の声がよく聞こえるように窓を全開にして。

結果として、それは声に包囲されるような性交になった。聞こえ始めると踏子は奇妙に身を軽く感じ、普段よりも単純な心持ちで行為に没頭してしまい、自分の肉体がベッドの上ではなく窓の外、雀たちのいる場所にあるような錯覚をした。性行為自体がひさしぶりだったせいもあるのかもしれない。世の中じゅうが外出の自粛(およびソーシャルディスタンスの確保)を求められている日々においては、恋人と寝ることもままならない。

「きっと来年は出生率が低下するね」

室内に戻り、ベッドに腰掛けて踏子が言うと、

「まさか」

とこたえて守也は笑った。

「みんな家にいる時間が増えて、他にすることもなくて、励んでたりするんじゃないのかな、わからないけど」

踏子が驚いたのは、みんなが励んでいる（かもしれない）ということに対してではなかった。それは、言われてみればその通りだ。そうではなく、踏子は、自分の頭から家族という概念があまりにもすっぽり抜け落ちていたことに驚いたのだった。性交をする相手と、世のなかの人たちはいっしょに住んでいたりするのだ。

「あー、腹へった」

守也が言って起きあがる。踏子も空腹だった。釜あげしらすの店を思いだしたが、あれは横浜だから遠い。そう思ったとき、床に置いてあったバックパックから、守也が何かとりだす。

「ジャーン」

ビニール袋に入ったそれは、釜あげしらす弁当だった。プラスティック製の四角い容器が二つ、割り箸が二膳。

「踏子がトイレに行った隙に買った」

と言って、守也は得意そうな顔をする。

「何たる先見の明！」

自分でも可笑しいほどの喜びがこみあげ、踏子は守也にとびついた。

膝の軟骨が擦り減ったのだと医者は言った。それは加齢による変化であって、珍しいことではないと。でも、ではどうしたらいいのだろうと翠は思う。一週間ほど前から左膝に痛みがあって、足をひきずらなければ歩けないほどなのに——。医者に訊いてもそこは曖昧で、ナントカというものを注入する手術もあることはあるが、まだそこまでする必要はないでしょうとか、軽い運動はした方がいいが無理は禁物ですとか、痛み止めをだすけれど、それは治す薬ではないとか、説明されても、というより説明されればされるほど、ではどうしたらいいのか、はわからなくなった。しばらく様子をみましょう、と言われ、次の予約をして処方箋をもらった。で、また一枚診察券が増えたのだった。

はじめての薬局（とはいえ、調剤薬局というものは、どこも似たり寄ったりだ。たいていガラス張りで、カウンターの上に処方箋やお薬手帖を提出するためのトレイが置かれ、ビニールの張られた長椅子がならんでいて、壁掛けテレビとウォータークーラーはあったりなかったりし、隅にマスクやガーゼや栄養ドリンクを陳列した一角がある）で順番を待ちながら、翠は六十七歳で逝った母親や、八十六歳で逝った父親の五十代を思いだそうとしてみる。父親は白内障の手術を受けたことがあったし、母親はぎっくり腰で寝込んだことが一、二度あったが、それ以外はどちらも病院通いなどしていなかった。翠のようにたくさんの薬を処方されてはいなかったし、家で血圧を測ったりもしていなかった。二人とも、まだまだ若く元気そうだった。

翠にはわからない。なぜ自分の身にこうも次々不具合が起り、こうもさまざまな薬を服用する羽目になり、こうもたくさんの診察券で財布がはちきれそうなのか。実際、数年前まで翠の財布にひしめいていたのは、気に入りのレストランのショップカードや、よく行く服屋やインテリアショップのメンバーズカード、パン屋のスタンプカードといったものばかりだったのだ。

このまま老い衰えていくのかと思うとおそろしかった。何か趣味でも持とうと数か月前に一念発起して始めた貼り絵の通信講座と初級イタリア語の通信講座はそれなりに楽しいし、コロナのせいで帰りの早くなった夫との食事のために、これまで作らなかったような凝った料理（羊肉を使ったシェパーズパイとか、おそろしく手間のかかる四川風カレーとか）を作ってみたりもしているのだが、我ながらいじましいというか、悪あがきをしている気がしないでもなく、ともかく最近の翠にとって、自分の年齢なりに充実した人生というか生活とはどういうものか、が大きな謎であり関心事なのだ。

薬を受け取っておもてにでると、空はまだうす青く、あかるかった。もうすぐ夏が来るのだ。子供のころ、夏といえばキャンプだった。アウトドア好きだった父親はたぶん、自分の子供たちを自然に親しませたかったのだろう。川釣りとか星座観察とか、父親の用意した地図をたどる宝探しとか。自分も兄の東洋も、戸外でのアクティビティをあまり好きになれなかったと翠は思う。ごく幼いころにははしゃぎもしたはずだが、小学校の途中から興味を失って、翠が中学に入るころには、キャンプ自体が計画されなくなった。翠は、そのとき自分がほっとしたことを憶えている。

駅まで歩き、自宅とは反対の方向の電車に乗った。大岡山、北千束、旗の台。自宅がどんどん遠ざかっていき、窓の外は馴染みのない景色だ。たったそれだけのことで心細く感じ、そんな自分を翠は不甲斐なく思う。クッションみたいにふっくらとした抱え心地が気に入っているクラッチバッグから、夫にプリントアウトしてもらった地図をとりだす。きょうは膝の病院の他に、もう一つ行きたい場所があるのだ。

なぜそこに行きたいのかと、夫は怪訝そうだった。一度行ってみたかったのだと翠はこたえ、あなたの見つけてくれた病院から近いみたいだし、とつけ足しもしたのだが、なぜ一度行ってみたかったのかは自分でもよくわからない。河合順一という男と、もう一度話してみたかった。

もらった名刺には東欧雑貨専門店と書かれていたが、ホームページの写真を見ると、西欧の食器とか東南アジアのカゴとか布とか多彩な品揃えで、缶詰やスパイス、乾麺といった食品も置いているらしい。普通なら、誰かをいきなり訪ねるようなことはしないが、お店なのだから、誰が行ってもいいはずだと翠は思う。警察署に呼び出されたそもそもの最初から、自分たち家族が彼に対して不躾だったことが気にかかっていた。故人の遺志に背いて、自分たち家族が父親の遺骨を霊園に納めなかったことも。無論、それは河合順一には関わりのないことだ。が、だからこそ彼に理解してもらう必要を感じる。彼は終始親切だったし、直接の遺族ではないにもかかわらず、納骨の段取りを率先してつけてくれた。亡くなった三人の遺志を、尊重したかったのだろう。

電車を降り、地図をたよりに歩く。知らない街だ。店は商店街の奥にあるらしい。人も自転車も多い。たっぷりと葉のついたままの大根や人参をならべた八百屋や、つい立ちどまって見とれてしまうほどぴかぴかした魚のならぶ魚屋、音楽を流しているドラッグストア。おもてに屋台のようなものをだして惣菜や菓子を売っている店もあり、揚げものやソースの匂いがその都度鼻に届く。なんとなくなつかしい気分になり、いまどき珍しいくらい活気のある商店街だと思ったのだが、考えてみれば翠の住む街には商店街というものがなく、だからいまどきの他の商店街がどんなふうなのか知る由もなく、くらべるすべも持たないのだった。

その小柄な女性客が入ってきたとき、河合順一には、知り合いかもしれないと疑う理由がなかった。一瞥して常連ではないことだけを確かめ、だからあとは放っておいた。もしも客が所在なげにあたりを見回したり、特定の商品に興味を示したりすれば声をかけるが、そうでなければ自由に見てもらうのが順一の流儀なのだ。

とはいえ店内に他の客はいなかったので、律儀に端から棚を眺め、バスケットに入った布に指先で触れたり、缶詰を手に取って表示に目を凝らしたりするその女性の動きというか存在は、嫌でも意識された。雰囲気づくりの一環として、店ではいつも東欧のラジオ番組をBGMにしているのだが、いま流れているのはチェコの局の番組で、何らかの討論がおこなわれているようだった。順一はチェコ語が話せるわけではないが、単語はときどき聞き分けられる。冗談だろ、とか、勘弁してくれ、とかの慣用句も。それらをつなぎ合せ、どうやら野生動物の保護（もしくは原生林の保護）についての討論らしいと見当をつけたとき、カウンターにオーストリア産岩塩（おなじもの三つ）が置かれた。

代金を受け取り、商品を紙袋に入れてレシートと共に渡すと、女性客は「あの」と言った。「あの、私、篠田完爾の娘の翠です」と。

「あ」

という声を順一はだしたのだが、それは目の前の女性と記憶のなかの翠が一致したからではなく、単に驚いたからだった。

「すみません、全然気づかなくて」

とりあえずそう続ける。

「いえ」

翠は小声で言い、身分証明書でも見せるみたいにマスクをはずして、またすぐにつけた。

仮に最初からマスクをしていなくても、この女性が翠だと自分に判ったとは思えなかったが、無論それは口にださず、

「ご自宅、確か川崎の方でしたよね」

と、順一は自分にわかっている限りのことを言った。ええ、とこたえたきり翠は黙り、気まずいまができる。この近くに用事があって、に類する言葉を順一は待ったのだが、

「これ、何語ですか」

と翠は訊いた。神妙な面持ちでラジオに耳を傾けている。

「チェコ語です」

順一がこたえると、翠は目を輝かせ、

「まあ」

と言った。

「まあ。初めて聞く言葉だわ」

と。

「お兄さまはお元気ですか」

尋ねて椅子をすすめた。常連客との世間話用に、スツールを幾つか用意してあるのだ。

「コーヒーと甘いソーダがありますが、どちらがいいですか」

甘いソーダという返事だったので、順一はカウンターの内側の、小さな冷蔵庫をあけた。

落着いた状態のこの人と話すのははじめてだなと思う。これまでに会った翠は、とり乱して泣いているか静かに涙ぐんでいるかで、情況を考えれば理解できなくはないとはいえ、いくらなんでも泣きすぎだろう、と、正直なところ順一は思っていたのだった。

「世のなか大変なことになっちゃいましたね」

グラスを二つカウンターに置き、自分でもスツールに腰をおろして、さしさわりのない話題のつもりでコロナに触れてみたのだが、翠はそれを黙殺し、

「父のこと、いろいろありがとうございました」

といきなり言った。

「兄も私もちゃんとお礼をお伝えできていなくて、でも、河合さんがいらっしゃらなかったらどうなっていたことか」

「いや、あれは」

順一は否定しかけて口ごもり（お父さまのためにしたわけではないですから、とあやうく言いそうになり、なんとか表現を変えて、結局）、

「いいんです。誰かがやらなきゃならないことでしたし、僕は故人と血がつながっているわけじゃなく、距離がある分だけ冷静でいられたっていうだけですから」

とこたえた。が、

「そうでしょうか」

と翠は言い、

「距離、河合さんの方が近く思えました」

と続けたので順一は戸惑う。そんなこと、比較のしようがないではないか。

私、と言って翠が言葉を切ったので、また泣きだすのかと思ったが、そうではなく、翠はマスクをはずしてソーダをのんだ。おいしい、と呟き、これ何ですかと訊く（エルダーフラワーのシロップが入ったソーダだと順一はこたえた）。

「私、わからないんです」

ソーダについてのやりとりなどなかったかのように、翠は順一をまっすぐに見て続け、

「河合さんは、あの三人を止められたと思いますか」

と訊いた。

「私たちに、止められたでしょうか」

質問自体よりも、翠の口調と態度に順一は驚く。こんなにはっきり物を言うタイプの女性だっただろうか。警察署でも霊園でも、そんなふうには見えなかった。

「わかりません」

順一は正直にこたえた。誰にも止められなかったとこたえた方が穏便だし、翠もその返答を望んでいる気がしたが、嘘はつけなかった。

翠はうなずく。そして、

「ずっと考えているんです」

と言った。

「どうしたら止められたのか、というか、止められたのかどうか、というより、止めるべきだったのかどうか」

順一は返答につまり、

「まあ、考えてもわからないことというのはありますから」

と、また正直に言った。この女性は幾つくらいなのだろうかと考える。完爾の娘で東洋の妹ということは、五十四、五だろうか。

「春先に、姪御さんからメイルをいただきました」

思いだし、順一は言葉を継ぐ。

「『家族のいない場所での祖父がどういう人だったのか知りたい』とか、そんな内容の」

「まあ」

翠は目を見ひらいた。

「葉月が？　ちっとも知りませんでした」

「姪御さん、外国にお住まいなんですね」

まず葉月からメイルがきて、次に勉さんのかつての教え子だという中国人女性から電話がかかり、今度は翠だ、と順一は思った。奇妙なものだ。勉さんがああいうふうに亡くならなければ、自分が出会うこともなかったであろう人間たち。

「……ですか？」

翠が何か言ったのだが、うっかり聞きのがしてしまった。

「すみません、いま何て？」

「それで、河合さんは何ておこたえになったんですかってうかがったんです。その、家族のいない場所での父のことですけど」

「ああ」

順一は葉月に書き送った内容を、

「僕はそれほど親しくさせていただいていたわけではないので、たいした返信はできなかったんですが」

と前置きしてぽつぽつと話した。酒に強かったこと、インテリだったこと、いつも洒落た服装で、それが似合っていたこと、一度いっしょに海に行ったとき、泳ぎが上手くて驚いたこと、手作りの竹輪というものをたべさせてもらったことがあり、それがべらぼうに旨かったこと――。

黙って耳を傾けていた翠がそこで、

「手作りの竹輪？」

と訊き返した。

「ほんとうに？　父は確かに手先が器用で、大工仕事なんかは得意でしたけれど、料理はしませんでした。母任せで、その母が亡くなったあとも、うどんとかトーストとか、キャンプみたいに炭火で肉や魚をただ焼くとか、そんなものしかたべていなかったんです」

「そうなんですか？」

順一には意外だった。完爾には、竹輪の他にも何度か旨いものをご馳走になった。

「だいたい、竹輪ってどうやって作るんですか？」

「それは白身魚をすりつぶして、塩といっしょに練って」

順一は説明する。無論自分では作ったことがなく、作ろうとも思わないのだが。

翠が黙り込んだので、順一は気が咎めた。言うべきではなかったかもしれない。女性がでてくる話ならともかく、竹輪に危険がひそんでいるとは思いもしなかったのだが。

翠はソーダをのみ干すと、

「ごちそうさまでした」

と言った。立ちあがる動作の途中で顔をしかめ、ひどくゆっくり腰をあげたので、

「大丈夫ですか」

と尋ねると、

「ええ、大丈夫です。膝の軟骨がすり減っただけですから」

とこたえ、

「これ、のど飴のお礼です」
と言って、ついいましがた順一が袋に入れたオーストリア産の塩を一つ、取りだしてカウンターに置いた。

サウスキャンパス内のオープンスペースは、まるでホテルのロビーだ。自然光も入るが、なにしろ広いので、中央部分は昼間でも仄暗く、樹木を模した照明器具が、そここに配置されてやわらかな灯りを投げかけている。水を張ったオブジェまであるその空間に、はじめて足を踏み入れたときには広さと豪華さに怯んだ葉月だったが、慣れてみれば、学生たちの居間、という感じで落着ける場所だった。本を読むのにはうってつけだ。が、いまはそこにビニールテープが張られ、使用禁止になっている。まるで、テレビドラマで見る犯罪現場みたいに。

ものものしいことになっているよね。

葉月は胸の内で祖父に話しかけながら、その場所の脇をすり抜け、建物の外にでる。夏休み中でもあり、建物の内も外もがらんとしている。きのうノートパソコンがダウンしてしまい、修理にしばらく時間がかかると言われたので、研究室に置いていた原典資料をとりにきたのだが、データと違って紙は重く、バックパックにひっぱられてうしろに転びそうな気さえして、この状態で自転車に乗れるかどうか心配だった。

アンデルセン、自伝を書きすぎなのよ。

葉月は祖父に訴える。実際、アンデルセンには何ヴァージョンもの自伝があって、記述があちこち矛盾しており、研究者にとっては興味深いと同時に厄介なことでもあった。アンデルセンには自伝すら物語にしてしまうところがあり、だから事実という観点から見ればどのヴァージョンも信用はできないのだが、むしろそれだからこそ、彼が後世に残そうとした自分像に葉月は惹きつけられる。

芝生のあいだの小道を歩いて抜けるだけで、たちまち汗ばんだ。さえぎるものが何もないので、日ざしに頭のてっぺんが焙られる。

こっちの人は、日ざしが、好きだから。

一人で歩きながら祖父に話しかけた。

学内の芝生でも、よく日光浴を、してるの。タンクトップとか、短パンとかで。

声はだしていないのに、荷物が重くて息が切れるので、思考の言葉もぶつぶつ途切れるのが自分でも可笑しかった。

人によっては、ローションまで、つけて。

思いだし、葉月は苦笑する。夏のあいだ、ここを歩くと草の匂いにローションの匂いがまざって漂う。耳にイヤフォンをはめ、寝ていたり本を読んでいたりする肌を露出した人たち。

今年はそんな人もいない。街も閑散としていて、たまに見かける人はみんな――おもに黒い――マスクをつけている。こんなコペンハーゲンをアンデルセンが見たらきっと驚くだろうと葉月は思い、いや、でも、と思い直す。彼の生きた時代はいまよりも不衛生だったろうし、医学も未発達で、きっと疫病の流行も珍しくなく、だからむしろ普段の、日光浴する学生たちの姿の方にびっくりするのかもしれない。

図書館わきの、日陰に停めた自転車の鍵を葉月ははずす。バックパックは、背負うより身体の前側に抱えた方が安全だろうと思ったのだが、いざサドルにまたがってみると不安定だったので、結局うしろに背負い直した。

青い空だ。静かだと空の青さが際立つ。こういうのを抜けるように青い空というのだろう、と思った葉月は自分の言葉にひっかかる。抜けるって、何が抜けるのだろう。空が？それってどういう意味なのか――。日本にいたころには意識したことがなかったが、日本語は難しい。こういうことは祖父に訊けばきっと教えてもらえたはずなのだが、祖父には――話しかけることはできても――もう訊けないのだった。

診察室の窓をあけると、八手（やつで）が雨に濡れていた。湿った外気を僕は吸い込む。するとまたあの想像が、脳裡を駆けめぐった。そんなことはできないし、しないとわかっているにもかかわらず、最近、気がつくと僕は想像している。細部はそのときどきで違うものの基本的にはおなじ行動の想像であり、おなじ結末に至る。その想像のなかで、僕はまず荷物をまとめて家をでる。これはそれほど難しくないはずだ。もともと所持品の多い方ではなく、物に思い入れを持つ方でもないので、いざとなれば手ぶらで（まあ、財布とスマホだけ持って）実行し、必要なものは新たに買うか、あとから取りに行くかすればいい。住む部屋は、贅沢を言わなければ職場の近くに見つかるだろう。それまでは職場に寝泊りすればいい。宿直室の他に休憩室もあり、簡易キッチンもあればシャワーもある（が、想像のなかの僕は近くの銭湯に行く）のだから。

そうやってまず物理的な距離をとってから、妻に理解してもらう。この工程は想像するたびにマイナーチェンジが繰り返されるのだが、大切なのは、夫婦であり家族であることに変りはなく、僕の部屋が家の外にあるだけだ、とわかってもらう点で（野生の鹿の生態を例にとって話すつもりだ）、無論妻は怒るだろうが、彼女の性格からいって、怒りはほどなく呆れにとってかわられるだろう。

幸い、妻の実家は僕たちのマンションから近い。はじめての子育てに際して、僕よりも実家の両親の方がはるかに心強い存在なのは間違いないし、料理や洗濯など、僕の世話をせずに済む分だけ妻の負担は減るはずで、夫が別な場所に住むというこの形態を、僕の想像では、結果的に妻も気に入る（最悪でも受け容れる）。

なぜいけない？　医者に行って妊娠が確実になり、すでに母親になる気まんまんに見える妻は、オスである僕のいない場所で、誰はばかることなく母子の王国を築けるし、僕はいま以上に熱心かつ精力的に働いて、母子の生活を支えるだろう。

奇妙なことに、想像のなかの僕には孤独も、不安も疎外感もない。ただ穏やかで安定している。無責任だと自分でも思う。無責任だし歪んでいると。が、それが僕という人間の、たぶん本性なのだろう。

きょうは午前中に、電気コードを嚙み切って、その一部をのみ込んだかもしれないというジャックラッセルテリアを診察し（レントゲンを撮ったが、胃に異物は見つからなかった）、毎日通院してくる（おそらく死期の近い）トイプードルに透析をし、ひどい便秘だというアメリカンショートヘアや、下痢をしているラブラドールや、食欲がないという雑種猫、耳だれの激しいコッカスパニエルなどの処置をした。午後も予約がつまっている。

ここに運ばれてくる動物たちの症状は多岐にわたり、そのなかには癌もあれば喧嘩傷もあり、交通事故もあれば失明もある。そういう、文字通り生死のかかった修羅場に僕は日々対処しているわけだが、自分に子供ができる、という事態には、どうにも対処しかねる。変だろうか。でも、ここで僕が日々提供しているのは純粋な医療技能であり、個々の動物の生涯——いわゆるクオリティオブライフ——に対する責任を負うのは、獣医ではなく飼い主だ。僕と妻の子供の生涯（そう、クオリティオブライフ）に対する責任は、すくなくともその子供が成人するまで、僕と妻が負わなくてはならない。

たて続けに雷が鳴り、空が荒れ模様だということが、窓のないスタッフルームにいる朗子にもわかった。午後六時、朗子は会員たちから専用のスマホに届く食生活報告の一つずつに、コメントを返信し終えたところだ。毎朝、毎夕それをしている。クラブ内のカフェでだす食事やスナックの内容を考え、食材の手配や管理、厨房の監督をすることの他に、希望する会員の食生活にアドバイスをする、という仕事が朗子にはあって、これがなかなか骨の折れる作業なのだ。マニュアルがあるのでそれに則ればいいだけの話ではあるのだが、朗子には一人一人の顔が見える。筋トレや水泳やヨガに励む姿も、カルテにあるそれぞれの目的——減量や体質改善、健康の維持や筋肉の増量——や、それぞれの抱える問題点——飲酒や喫煙、昼夜が逆転した勤務シフト、たべ盛りの子供がいるとか妻が料理自慢だとか、自炊がいっさいできないとか——も知っているので、ついマニュアルからはみだして、事細かに助言をしてしまう。会員たちの食生活は極端だ。野菜と玄米とか、鶏むね肉とブロッコリーとかばかりたべようとする人もいれば、ファストフードとか立ち食いそばとか、コンビニ弁当が中心の人もいる。多くはその中間だけれど、それでも間食がちだったり飽食気味だったり、偏っている。一日一食しかたべない人も結構いる。クラブの方針として、できるだけ個々のスタイルを尊重することになっているから、助言も必定個人的になる。世のなかには、ほんとうにいろいろな人がいるのだ。この仕事をしていると、朗子はつくづくそう思う。

帰り仕度をしようとして立ちあがり——クラブは通常営業に戻ったが、カフェはまだランチのみの営業なので、朗子の退勤時間は以前よりも早い——、壁際に置かれた全身鏡にふと目がとまった。白々した蛍光灯のあかりのなかに、くたびれた中年女が立っている。雷鳴のせいか、部屋そのものも、なんだか普段より侘しく見える。朗子は鏡に近づいた。ポロシャツの色は、インストラクターが白、清掃スタッフが黒、厨房スタッフが薄桃色と決められているので仕方がないのだが、淡い色は肌のくすみを目立たせる。たぶんもうすぐ——。薄桃色のポロシャツに黒のトレーニングパンツ、胸ポケットにとめたスタッフ証。ポロシ

鏡にくっつかんばかりに顔を寄せ、朗子は思った。たぶんもうすぐ、ブルドッグみたいに頬が下垂してくるのだろう。母親がそうだったみたいに。

＊

きれいなホステスさん、と知佐子の言った女性——西海由起子という名前だった——との生活を、自分が上手く思いだせないことに重森勉は戸惑う。あれがいわば最後の情事だったのだから、もっと鮮明な色合いを帯びて想起されてもいいはずなのに、記憶はそれ以前に関係を持った女たちとのあれこれとおなじくらい遠く、断片的でやわらかい。そのや

わらかさはおそらく美化と呼ばれるものなのだろうと勉は思う。よかったこと、たのしかった部分しか思いだせないのだから。

由起子とは二年かそこらいっしょに暮した。几帳面できれい好きな女で、部屋のなかがすこしでも散らかっていると眠れないと言い、明け方によく掃除を始めた。職場では和服を着ていたが、普段はジーンズを好んではき、勉はジーンズをはいているときの彼女が好きだった。料理はあまり得意ではなかったが、正月には郷里の雑煮をつくってくれた（そこには鰤が入っていた）。ミュージシャンくずれみたいな弟がいた。あの弟がどうやって生計を立てていたのか勉は知らない。ひょっとすると由起子が援助していたのかもしれないが、それについて訊いてみたことはない。そんな関係だった。互いにもう若くなく、相手のすべてを知ろうとか、自分のすべてを知ってもらおうとは思わなかった。だから喧嘩をしたこともなく、いっしょに眠り、いっしょに起きる相手がいるだけで、すくなくとも勉は満足していた。

由起子がでて行ったとき、だから勉は驚かなかった。いずれそうなることがわかっていたような気がした。当時はかなり広いマンションに住んでいたので（月々の家賃が五十五万円だったことを憶えている）、急に部屋ががらんと殺風景になったと感じはしたが、同時に自分が元の自分に戻ったような、身軽な気持ちになったのも事実で、要するに自分はたいして悲しまなかったのだと勉は思う。

若いころには情熱と本能のおもむくまま、たががはずれたように相手にのめりこんだし、奪ったり奪われたり、思いつめたり思いつめられたり貪るように生きたこともあったが、由起子とつきあったころにはもう、そんなふうではなくなっていた。だからそれから何年かして藍洙に出会い、心惹かれたときにはうろたえたし、自分で自分の気持ちを持て余した。

あの感情が何だったのか、いま考えてもわからない。

出会ったころ、藍洙はまだ二十歳そこそこだった。丸顔で童顔の、肌のきれいな娘で、世のなかの猥雑さを寄せつけないような、輝かしい生命力があった。賢い娘でもあって、日本語がみるみる上達した。が、それだけのことだった。誓って言えるが、教師時代の勉にとって、藍洙は生徒の一人にすぎなかった。不思議なことに、五年たっても十年たっても藍洙の印象は変らなかった。もう二十歳ではないのに、まるで二十歳みたいに素朴に無防備に見えた。就職の報告を受けたり転職の相談をされたり、ボーイフレンドを紹介されたり別れたと聞かされたりし、はじめてルームメイトなしの生活をすると決めた彼女につきそって不動産屋に行ったり、父の日だからという理由で呼びだされて食事をしたり、という交流が続き、気がつくと勉は自分の人生に、このまま藍洙がいてくれたらと願っていた。劣情を抱いたわけではない。そんな感情を抱くには、藍洙は輝かしすぎた。「ベンセンセイ！」会えばいつも破顔してそう声をあげ、まるごとの信頼を寄せてくれた。

藍洙を助けているつもりだったが、助けられているのはこちらだったと遅まきながら気づいた、ということなのかもしれない。失いたくないと思い、けれどそれはエゴだろうともまた思った。夫となる男性と出会う前ですら、勉にとって彼女はすでに手の届かない場所にいた。いっしょにいられたら、というあの感情は、それでも劣情と呼ばれるものなのだろうか。自分にとって最後の？

「あのね、これ、何だかわかる？」

知佐子が言い、勉は現実にひき戻される。鞄からとりだされた赤い四角い物体を見て、

「煙草入れだろ、昔、知佐子が愛用していた」

と完爾がこたえた。

「そう。でも何の煙草入れか憶えてる？」

何の煙草入れか――。言葉の意味がよくわからなかったが、憶えていないと完爾がこたえ、俺にもさっぱりだ、と勉も同調した。

「憶えているべきなの？」

そしてそう訊いた。

「だって、あなたがたがくれたのよ、みんなで、あたしの還暦のときに」

勉は憶えていなかったし、おそらく完爾もそうだろうと思われた。あなたがたが、と言っても、それは誰かが金を集め、また別の誰かが品物を選んだという意味で、そういうこ

とをする誰かはたいてい女性たちだった。知佐子の同期とか、後輩とか。が、

「煙草をやめてもう十年以上たつのに、これはどうしても捨てられなくて」

と言いながら、さも大切そうにその赤いケース（内側は金色で、磨いたみたいに艶がでている）を開け閉めしてみせる知佐子にそんなことは言えず、勉は黙っていた。

「これはね」

知佐子はまたべつなものを鞄からとりだす。

「純江(すみえ)先生が女流文学賞をとられたときにつけてらしたブローチ。授賞式のあとのパーティで、いきなりはずしてあたしに下さったの。担当者にってておっしゃって」

「ああ、『だるまストーブと葡萄』」

完爾が即座に書名で応じる。煙草ケースは忘れても、本のことは忘れないのがいかにも完爾らしかった。

その完爾が、すこし前にトイレから戻ったあと、酒に口をつけていないことに勉は気づいている。昔から好きだったスコッチのオンザロックを前にしてはいるが、実際にのんでいるのはチェイサーの水の方だ。部屋に入るとき、酔っていたくはないのだろう。もうすぐすべてが終るのだ、と勉は思う。

知佐子の「これはね」はまだ続いていた。敬愛する画家からもらった手紙とか、孫娘の書いた小説とか、絵里子ちゃん——というのは知佐子のかわいがっていた後輩で、勉もよ

く憶えている女性だが、若くして病気で亡くなった——が作ってくれた針金細工の犬だとか。一つずつとりだしてはひっこめて、

「自分で買ったものはみんな処分できたけど、いただいたものはできなくて」

と、叱られることを覚悟した子供のようにおずおずと言う。

「知佐子のものなんだから、持っていればいいさ」

完爾が応じ、

「所持品の処分をしただけで、二人とも立派だよ」

と勉は言った。昼間あとにしてきたアパートを思う。住居を整理したのみならず、解約とか売却とかの手続きまできっちり済ませてきたらしい二人とは違って、勉は何もかもそのままにしてしまった。二年ほど住んだあの日あたりの悪い部屋に、価値のあるものは何もない。家賃をかなり滞納しているので、どっちみち、じきに処分されるはずだ。

＊

小さな顔を半分おおったマスクは白とピンクのギンガムチェックで、母親に連れられてやってきた陽日ちゃんは、そういう「かわいいやつ」を「十枚よりもっとたくさん」持っていると言った。作ってくれるのは「ママじゃなくておばあちゃん」で、「ペンギンのや

つや、お花のやつや、レースのやつ」があるそうだ。まだ幼いのに毎日そういうものをつけるのはさぞ鬱陶しいだろうと踏子は同情した（というのも、踏子自身がいまだにマスクに慣れないからなのだ）が、当人はまるで苦にするふうもなく、

「ほら、ママはもう行って行って。遅れちゃうと大変でしょ」

と言って母親を追い返す。

「お行儀よくしてね」

という母親の言葉には、肘をつきだすポーズで応じた（肘と肘をぶつけあうのが、最近のこの親子の挨拶らしい）。

そうやって踏子と二人きりになると、

「あー、このお部屋、なつかしい」

と、大袈裟なほどしみじみと言って周囲を見まわした。

「ちっとも変ってないのね、お部屋も、踏子ちゃんも」

まるで何年も会わなかったみたいな口ぶりに、踏子は内心苦笑した。そりゃあ変らないわよ、と言いたかったが、子供にとっての五か月（最後に来たのが三月だったから、たぶんそのくらいだ）は大人にとってのそれよりもながいのだろうと思い直して、

「陽日ちゃんはちょっと大きくなった？　他にもどこか変った？」

と訊いた。身体の大きさも社交的な態度も踏子の目には以前と変りなく見えたが、陽日

ちゃんは数秒考えたあとで、

「昔より絵が上手くなったと思う」

と真面目な声音でこたえる。昔——。五歳児の使うその言葉にわけもなく胸を打たれながら、踏子はひきだしをあけて、クレヨンと色鉛筆とサインペンをとりだす（自分でも奇妙だと思うが、踏子は隣家の子供のためにそれらを常備している）。

「ビエン！　じゃあ、おてなみ拝見」

ビエンとかボンとかグッドとか、踏子がいい加減な外国語を使うと、陽日ちゃんはいつも笑う。そして、

「ビエン！」

と、そこだけくり返してこたえる。賢いのだ。そんなふうにして二人のあいだで流行った言葉にニーハオがあり、一時期は玄関をあけるなりそう叫んだものだったが、最近は言わなくなった。彼女にとって、たぶんあれはもう「昔」の流行なのだろう。

陽日ちゃんのひさしぶりの訪問は、日常が戻りつつあるしるしのようで嬉しかったが、一方で、落着かない気持ちにも踏子はなった。こんなに小さな子供が一人いるだけで、部屋の様子が普段とまったく違ってしまう。空気がにぎやかになるのだ。それは陽日ちゃんが喋るからではない。現に、彼女が黙々と絵を描いているいまも、踏子にはちゃかちゃかしたにぎやかさが感じ取れる。陽日ちゃんから発散される気配、他者の存在——。

遊びに来てくれるぶんにはいいけれど、泊めてくれと言われたら、たぶん自分は困るだろうと踏子は思う。守也に対してさえそう思うのだ。昔から他人と協調することが苦手だったし、小説家という仕事を選んだのも基本的に一人でできる仕事だからで、そんな自分にはどこか欠けた部分があるのかもしれなかった。

収入の不安定な職業だし、依頼がなくなればたちまち失業してしまうという恐怖はあるにしても、この仕事に就けてよかったと踏子は心から思っている。かつて、知佐子さんに何度か、

「男の人に期待しすぎてはだめよ」

と言われた。

「男の人がいてもいなくても生きていかれるように、自分の仕事を持ちなさい」

と。だからはじめての本ができたとき、知佐子さんはとても喜んでくれた。

「サインしてちょうだい、サイン」

ずらした老眼鏡の上からのぞいた目を輝かせ、読書椅子、と本人が呼んでいたやわらかな革張りのアームチェア（そういえば、あの椅子はどうなったのだろう。捨ててしまうには惜しい椅子だった。が、そんなことを言えば、あのマンションには洒落たフロアランプや使い込まれたテーブルや、その他生前の知佐子さんが独自の審美眼と思いつきで選んだ家具や家財道具がいろいろあったのだ）から身をのりだしてそう言った知佐子さんの姿や

表情を、ありありと思いだせる。

男の人がいてもいなくても——。

当時は何も考えずに聞き流していたが、あの言葉のうしろには、というより知佐子さんの頭のなかには、いつも踏子の母親である娘がいたのだろう。住む場所も仕事も、趣味や服装までも男性次第であっけなく変る母親のことを、踏子は理解できたためしがないし、十代のころには嫌悪していた（いまでも理解はできないが、嫌悪のような強い感情はもはや湧かず、いっそ感心してしまう）。

知佐子さんを思いだすと、なつかしさと疚しさに胸がきしんだ。行く場所がなかったころにはしょっちゅう頼って転がり込んでいたのに、自分の生活が落着いてからは、ぱったり会いに行かなくなった。まるで、男次第で生活を変える母親みたいなふるまいではないか。

知佐子さんにいま会いたいと踏子は思う。そして、もしいま知佐子さんがこの部屋にいたら、きっと陽日ちゃんと気が合うだろうと想像する。

生者よりも死者の方を身近に感じるなんてへんですね。

すこし前に葉月からもらったメイルにそんな一文があった。きっと、葉月も祖父をよく思いだすのだろうが、葉月と生前の篠田完爾がどのくらい会っていたのかはわからない。踏子が感じるような疚しさを、葉月も感じることがあるのだろうか。

絵を描き終えた陽日ちゃんは、しばらくバランスボールによじのぼって遊んでいたが、それにも飽きると「退屈した」と自己申告した。踏子はネット配信の映画のなかから子供向けだと思われるものを選んで流す。陽日ちゃんの母親が美容室から戻るまでには、まだ時間がかかるだろう。

壁に貼った紙に新しく描かれたのは巨大な巻きずしで、黒々とした海苔に迫力がある。一体なぜそんなものをここに描いてくれたのかは謎だが、端からのぞいた具材は黄色と緑とピンクに塗り分けられ、全体においしそうと言っていい出来映えで、「昔より絵が上手くなった」というのはほんとうだったと、踏子は軽い驚きと共に胸の内で認める。

誕生日がきて、篠田東洋は五十八歳になった。が、べつに普段と変らない一日で、行った方が落着くという理由で会社に行って、早帰りが奨励されているという理由で早く帰った。健康のために一駅手前で降りて歩くことに決めているので(無論、酒をのんだ日はその限りではないが)、天気が悪かったにもかかわらず歩き、途中で、最近いつもそうしているように妻に電話をかけた。いまスーパーマーケットのそばにいるが、何か必要なものはないか、と訊くのが一応の目的なのだが、そのためにかけているわけではないような気が東洋はしている。何かが必要だと言われたためしがないからで、妻の返事は決って、「大丈夫。気をつけて、早く帰ってください」なのだ。誕生日のこの日もそうだった。ではなぜ自分は毎日電話を（これもまた、酒をのんだ日はその限りではないのだが）かけるのだろう。携帯電話をポケットに戻し、再び歩き始めながら東洋は考える。もうすぐつくぞ、と知らせずに帰るのは気が進まない。自分が闖入者になったような気がするからで、だとすると、それは理不尽なことだ。自分の家なのだから、もっと堂々と帰ってしかるべきではないか。すこし前に東洋は妻に、会社から帰ったときのあなたはいつも不機嫌だと言われたのだが、その理由がいまわかったと思った。闖入者もいやだが、わざわざ電話で知らせなければならない謂もないはずで、どっちに転んでも納得がいかないからなのだ。とくにきょうのように、片手に傘、片手に鞄を持っての電話は苦行だった。

そんなことを考えながら家に帰りつくと、門灯の光が雨ににじみ、庭木はどれもしっとりと濡れていた。

夕食の席で妻から誕生日祝いのスリッパをもらい（エアマットレスというものももらったのだが、それはすでにベッドに敷かれ、数日前から使い始めている）、妹夫婦から届いた小包みをあけた（シャンパンの他に、どういうわけか塩が一袋入っていた）。東洋は携帯電話をとりだし、午前中に娘が寄越した短文のメイル（お誕生日おめでとう、パパ！身体に気をつけて、ママとたくさん人生をたのしんでください！　葉月）を妻に見せた。

「飾れるように、紙のカードにしてって毎年言ってるのに」

妻は不服げに呟いたが、メイルならば持ち運べるし、いつでも見られるのでその方がいいと東洋は思い、事実、食事が済んで書斎にひきあげてからも、そのそっけない文面をもう一度眺めた。

葉月はこれからどうするつもりなのだろうかと考える。去年、母校からデンマーク語だか比較文学だかの講師のオファーがあったらしいのに、まだ帰国するつもりがないので断ったと、あとから聞いた（あの子はいつも事後報告だ）。東洋には帰国を急かすつもりはないが、このまま向うで研究者として身を立てられるほど学問の世界は甘くないだろうし、一般企業に就職するのなら、外国でよりも日本での方が選択肢が広がるはずだ。

電話をかけてみようか、という気に東洋はなる。電報みたいに短い文章だったとはいえ祝いのメイルをくれたのだから、電話で礼を言うのは自然なことだろう。礼を言い、元気かと訊いて、娘の近況にしばらく耳を傾けてから、これからの展望に話を向ければいい。と考えて、東洋は躊躇う。そんなふうに事が上手く運ぶとは思えなかった。娘との電話はなぜかいつも東洋を黙りがちにさせ、自分で自分の沈黙に耐えられなくなって、結局妻に受話器を渡して終るのだ。それにいま向うは——と時差を計算して東洋は思った——、午後一時すこし前だ。ちょうど昼食どきだろう。大学のカフェテリアか街の安い食堂で、あのよくわからないオープンサンド（名物らしく、以前遊びに行ったときにはそればかりたべさせられて辟易した）をたべているところかもしれないし、友達とか教授とか、東洋の知らない男とかといっしょかもしれない。そうではなく、下宿で自炊しているところかもしれないし、昼食そっちのけで図書館にこもっているのかもしれなかったが、いずれにしても葉月は葉月のしたいことをしているわけで、じゃまをして、歓迎されざる客の気分を味わわされるのはご免だ。

電話は断念し、レコードを聴く気分でもなかったので、時間を持て余した東洋は、風呂に入って今夜は早く寝ることに決める。雨音が眠気を誘発してくれるかもしれないし、すくなくとも、ベッドにはエアマットレスが敷かれている。

事前情報通り、桃紫色のコスモスが、早くも咲き乱れている。曇り空にときどき雨が落ちる生憎の空模様だが、妻の希望の二つ目が無事クリアできたことに安堵しながら、僕はスマホのカメラを構える（一つ目の希望はグランドハイアットホテルに泊ることで、それはすでにチェックインを済ませた）。

コスモスを背景に、妻は目立ち始めたお腹に手をあてるポーズをとった。すとんとした黒いワンピースはノースリーブで、子供服じみた白い衿がついている。即座に写真用の笑顔をつくる能力のある妻は、そのせいでどの写真でもおなじ顔に写ってしまうのだが、不思議なことに本人にとっては違いがあるようで、撮ったあとのチェックが厳しい（ので、もちろん僕は念を入れて何枚も撮った）。

公園内は広く、目あてだったコスモスの他にもさまざまな花が咲いている。手入れが大変だろうなと僕は思い、それを考えれば入場料の千二百円は安いともまた思った。坂も階段も多く、ところどころに水たまりもできているので歩きにくいが、妻は機嫌も体調もいいらしく、迷いのない足どりで僕の前を歩いて行く。そして、気に入った景色（青、白、黄色、オレンジ、という色とりどりの花がじゅうたんみたいに続いている場所や、自分の背よりも丈高くのびたひまわりが、雨に濡れてしょぼくれている一角）に出会うたびに僕に写真を撮らせた。

妊娠二十週目の妊婦を飛行機に乗せたりしていいのかどうかわからなかったが、安定期に入ったから大丈夫だ（し、医師（せんせい）もそう言った）と妻は言い、エコー検査をお腹の上からできるようになったとか、そろそろ胎動も始まっているらしいとかの安定期情報をならべた。妻によれば、この時期の旅行は新婚旅行よりも大事、なのだそうだ。子供が生れたら、当分二人きりの旅行などできなくなるのだから。それは、僕の耳にはひどく脅迫的に聞こえる理由だったが、妻の母親も、すでに出産を経験した妻の友人たちもみんなそう言う、と言われては、反論はできなかった。

「見て！　きれい」

うれしそうな声とともに妻がふり向く。彼女が立ちどまって見ているのは花ではなく大きなクモの巣で、木の枝のあいだに張られ、精巧に編まれたそれが、小さな水滴をびっしりつけたさまは確かに美しかった。が、中央には立派なクモが鎮座している。黄色と黒のグロテスクな奴だ。普段、妻は小さな家グモさえこわがる。それなのにいまは巣の横でポーズをとっている。

「撮るの?」

雨はあがっているが、風がでていた。クモは風に乗って飛ぶ。もしいま飛んだら、と思うと、あまり近づきたくなかった。

「クモ、嫌いなんじゃなかったっけ」

「家のなかではね。外ならいいよ、仕方ないじゃん、命だし」

家のなかでも命だろうと思ったが、僕は黙って写真を撮った。

海を見おろせる高台とか、ヤギのいる一角(柵ごしにエサをやることができ、妊娠して以来命に敏感になっているらしい妻は、これがことのほか気に入って、自動販売機で売っているエサの小袋を三回も買った)とかをぐるぐる歩き、行き合う親子連れを見る妻の視線に、ついこれまでと違うところを探してしまいながら、公園をでたときには夕方になっていた。

ドアがロックされた待ち合い室(理由は不明だが、バスが来るまで建物からでられないシステムになっているのだ)のベンチに妻とならんで腰掛けて、窓の外——整備された道路と緑の樹々、それに、あいかわらずいまにも雨が落ちてきそうな薄暗い空——を見るともなく見ていると、ふいに、自分がいまここにいることが信じられない気持ちになった。

今朝起きたときには東京にいたのだ。それに、二十週間前までは、妻は妊娠していなかった。

妻の両親の喜びようは客観的に見て胸が痛むほどで（いや、客観的に見るべきではないのか）、これでは実際に生れたときにはどんな大騒ぎがくりひろげられるのかと不安にならざるを得ないし（僕自身の両親と姉にはまだ知らせていない。結婚したときと同様に、実際に生れてから転居通知みたいな感じで知らせればいいと思っている）、その大騒ぎは赤ん坊が生きている限り形を変えて続くのだ。あるいは両親が生きている限り。そんな長丁場の大騒ぎに自分が耐えられるとは思えないが、この旅行に同意したことも含め、どういうわけか僕は着々と、その方向に進んでしまっている。

バスとフェリーを乗り継いで街なかに戻ったら、妻の三つ目の希望である屋台にくりだす予定だ。彼女のリサーチによれば、最近はラーメンばかりではなくて、フランス料理をだす屋台などもあるらしい。

味はいまひとつだし、何より一皿のポーションが大きすぎる、と翠は思ったのだが、それでも心は浮き立っていた。通っている脳神経外科医院のそばにあり、ずっと気になっていた中華料理店——赤と金の糸で刺繍された〝福〟の字が、逆さになって戸口に貼られているのが可憐に思えた——に、勇気をだして入ってみたのだ。友人たちとの集りとか冠婚葬祭とか、夫なしで外食をしたことはこれまでにもあったが、一人でというのははじめてだった。

病院の隣の調剤薬局をでたのが五時半で、まだあかるかったから、というのが翠に思いつくただ一つの言い訳で、それ以外に、なぜ自分がきょういきなりそんなことをしたのかの説明は、翠自身にもつかない。が、やってみれば、全然難しいことではなかった。逆さ福の字とテイストの似た装飾品が壁のあちこちに掛けられた店内は狭く、夫婦らしい初老の男女が白い調理着姿で働いていて、翠を見ると「いらっしゃい」と、揃って無表情に言った。

テーブルにはいま小壜のビールと、水餃子と青菜炒めがならんでいる。二種類のメニュー(置き型のプラスティックケースに入ったものと、手書きの紙が綴じられたファイル)を吟味して選び、選んだときにはあとから炒飯も頼もうと思っていたのだが、値段から想像したよりずっと量が多かったので、翠は炒飯を断念し、水餃子と青菜炒めに集中することに決める。はじめて一人で外食をしているのだから、ここはぜひとも完食して、ちゃんとやりおおせたと思いたかった。

夫には、途中でお腹がすいたのでたべてきてしまったと言うつもりだった。嘘というわけではないし、以前からこの店が気になっていたことや、突然一人で入ってみたくなったことについては説明する自信がないからで、でも、そもそも誰かにすべてを説明することなど不可能なのだと翠は思う。そう考えることは淋しかったが、そう考えてはじめて許せることがあり、翠はそれを、父親の死で痛感した。

河合順一の店に行った日、翠は自分たち家族の立場や感情を、彼に（あるいは誰でもいいから誰かに）理解してもらいたいのだと思い込んでいたが、ほんとうはそうではなかったと、あのとき甘いソーダをのみながら気づいた。そうではなく、翠はただ許したかったのだ、父親のことも、自分のことも。あのソーダには、何のシロップが入っていると言っただろうか。訊いたのに、忘れてしまった。

大皿に盛られた青菜炒めと、子供のこぶしほどもありそうな水餃子五個を翠は完食した。いまひとつの味だと思ったものをむきになってたべるなんて呆れた、と胸の内で苦笑したが、気分は悪くなかった。あけっぱなしの戸口から見える外気はまだ夜の色ではなく、急げば夫よりも早く家に帰れそうだと翠は思う。食材はいろいろ冷蔵庫に買ってあるので、それからでも一人分だけ、何か手早く（シェパーズパイとか、四川風カレーとかではないものなら）つくれるだろう。

＊

女性フォトグラファーには趣味で楽器を演奏する人が多いのはなぜだろう、という話を完爾と勉がしている横で、たのしかったと知佐子は思う。たのしかったし、いい人生だったと。戦争中に生れたのに、両親のお陰で比較的のんびりと――物質的な苦労はあたりまえだと思いながら――育つことができたし、善良な男性と結婚をした。生涯続けるに足る仕事にも就けたし、友達にも恵まれた（もちろん犬たちにも）。子供を産めたこともよかった。いっしょに暮していたころの朗子には、たくさんの喜びをもらった。それは認めないわけにいかない。共働きだったが、夫が家で仕事をしていたので、当時で言う〝鍵っ子〟というよりも、父子家庭に近かったかもしれない。母親が外に働きにでることが、いまほど一般的ではない時代だった。淋しい思いをさせたかもしれないが、知佐子には、そのことで娘に（あるいは死んだ夫に）謝るつもりはまったくない。妻としても母親としても、できるだけのことはしたのだ。自分でもときどき驚くが、知佐子には孫も二人いる。会えずにいるにしても、知佐子と夫の血をひく子孫には違いなく、彼らはこれからも生きてくれるわけで、上出来だと知佐子は思う。あたしの人生は上出来だったと。

先週、最後の一仕事として、預貯金総額の半分を動物愛護団体に寄付する手続きをした。念願だったのだ。たぶん夫も賛成してくれたはずだ。手続きの煩雑さと銀行の人の融通のきかなさを思いだすといまも腹が立つのだが、そんなことを言えば世のなかのシステム全体が、もう随分前から知佐子の手には負えなくなっているのだ。

「知佐ちゃん、あれ誰だっけ、ほら、女性の写真家で、昔一度、勉強会にも連れて来たことのある」

勉がじれったそうに訊き、

「それだけじゃわからないわ」

と知佐子はこたえる。

「どのくらい昔の話？」

勉強会には、ほんとうにたくさんの人が来てくれたのだ。写真家も画家も作家も、誰かの友達や、友達の友達という人まで。

「俺がまだ編集部にいたころ」

「大昔じゃないの。勉ちゃんが会社を辞めたのって昭和何年？」

「四十五年」

勉が即答する。

「だからそれより前に、装丁か口絵に写真を使わせてもらって知り合った人なんだけど、まあ、名前はいいや。ともかくその女性写真家に、貿易会社やってるころにばったり会ったの、新宿の呑み屋で」

「誰の本の装丁か口絵？」

完爾が質問をはさんだが、勉は憶えていないとこたえた。

「あのころはいくらでも酒がのめたから、当然のようにもう一軒行きましょうってことになって、俺のところの若い奴らもいっしょに、彼女の行きつけの店に行ったの。そしたらそこがサルサバーでさ、みんなラムか何かのみながら、熱狂的に踊るんだよ。日本人より外国人の方が多い店で、暗くて混んでて騒がしくて、香水の匂いむんむんで。あれには参ったけど、彼女はとにかくサルサが好きで、踊るだけじゃなくて、バンドを組んでて演奏もするって言ってた。コンガだかボンゴだか忘れたけど」

「勉ちゃんも踊ったの？」

知佐子が訊き、

「そりゃ踊ったよ、腐っても俺なんだから、女性に誘われたら断わらない」

と勉がこたえたとき、サルサとは似ても似つかないピアノの音が流れ始める。三度目のステージが始まる前に部屋にひきあげようと思っていた完爾は、席を立つタイミングを逸したことに気づく。ここは十二時閉店だと聞いたが、完爾には、ここで——というより生きて——年を越すつもりはなかった。新年を祝うのは、その年を生きる人々であるべきだ。

「そろそろ寝るか」

それでそう言ってみた。勉も知佐子もぴたりと口をつぐんだが、ややあって、

「そうね、眠くなったわね」

と知佐子が応じ、

「了解」

と言った勉は、溶けた氷で薄くなった水割りをのみ干した。まるでここがただの旅先で、これから銘々の部屋にひきあげ、あしたの朝にはまた顔を合せるのだとでも言わんばかりのやりとりだったが、そうではないことを三人とも知っていた。

ウェイターを呼んで会計を頼む。完爾は自分が（もちろん部屋にはつけず、現金で）払うつもりだったが、知佐子が払うと言って譲らなかったので、任せることにする。現金である限り、誰が払ってもおなじことだ。

ピアニストは軽快な調子でマンオブザワールドを弾いている。

＊

息子の大輝（だいき）が小学校でいじめに加担しているらしいと聞いたとき、藍洙（ランズ）は衝撃のあまり一瞬思考が停止した。大袈裟ではなく目の前が暗くなり、息をするのも忘れたほどだ。教えてくれたのは息子の同級生の母親であり、おなじマンションに住んでいて、ときどきいっしょに買物に行ったりランチをしたりしている真理子さんで、彼女はとても言いにくそうに、小さな声で話した。「まあ、子供のすることだから」とか、「大輝くんなりの理由があったのかもしれないし」とか、藍洙のショックをやわらげそうな言葉をさしはさみながら。

そのとき藍洙は真理子さんの運転する車の助手席に乗っていた。以前から誘われていた真理子さんの通うヨガ教室に、はじめて体験参加した帰りで、ヨガは思いのほか楽しく（身体がやわらかいと藍洙は女性インストラクターにほめてもらった）、会費も良心的に思えたので、通ってもいいかどうか夫に相談してみようと考えていた。そこにいきなりどかんと爆弾が落ちてきたのだ。いや、爆弾というより空が落ちてきたみたいだったと藍洙は思う。真理子さんから聞いた話は藍洙にとって、そのくらいあり得ないことだった。というのも、もし彼女の話がほんとうなら、大輝はいじめに加担したどころか、大輝こそが主犯というか、いじめの種をまいたことになるからだ。へんな噂を立てるという方法によって。

真理子さんは娘の野々香ちゃんに、数週間前からいろいろ聞いていたらしい。大輝くんがこう言いだしたとかああ言いふらしたとか、言いふらされた男の子がみんなに問い詰められて泣いたとか、無視されるようになったとか、給食当番のとき、その子の給仕したものを誰も受け取らなくなったとか。でも藍洙は、息子のクラスにいじめられている子がいることとすら知らずにいた。

「大輝はどんなことを言いふらしたの？」

藍洙が訊いても、真理子さんははじめ言いたがらなかった。「子供が考えつきそうな、くだらないことよ」とこたえてうやむやにしようとしたのだが、藍洙は教えてほしいとくいさがった。

「その子の家ではきちんと手洗いや消毒をしていないとか、犬もいないのにお母さんがドッグフードを買っているところを見たから、たぶんおやつがドッグフードなんだろうとか」

真理子さんは言った。

「その子は三年生になってもお母さんといっしょに寝ていて、どちらも寝るときは裸なのだとか」

自分で訊いておきながら、藍洙は耳をおおいたくなった。

「ひどすぎる」

たしかに大人から見ればくだらないが、そんな噂を立てられることが子供にとってどんなに耐え難いかは、想像するだけで胸が痛む。

「信じられない。あいつ殺してやる」

藍洙はそう呟いて、

「だめだめ、落着いて。藍洙は激情型だから話すの心配だったのよ。まずちゃんと大輝くんに事情を訊いてね。頭ごなしに叱るんじゃなく」

と真理子さんにたしなめられたのだった。もちろん藍洙もそうするつもりだった。そうするつもりだったが、いざ帰宅して、そのあと学校から帰ってきた大輝がいつもと変らず平然としているのを見てしまうと、怒りが爆発した。

「大輝、あなた何をしたの?」

洗面所で、言いつけ通り手を洗ったり口をすすいだりしている息子の背中に藍洙は言った。

「その子がおやつに何をたべて、どうやって寝ているかなんてあなたにわかるはずないのに、どうしてそんなことを言ったの?」

息子は返事をしなかったが、鏡越しにちらりとこちらをうかがったのを、藍洙は見逃さなかった。

「人の顔色をうかがうんじゃない!」

かっとなって怒鳴った。お母さんは怒ると訛がきつくなる、といつも長女に指摘されるし(昔、学校では勉先生に、訛は気にしなくていいと教わったとはいえ)、普段はできるだけ気をつけて、丁寧な物言いを心掛けている(「うるさい、かたづけないお前が悪い」と言うかわりに、「あなたがかたづけないからいけないんでしょう」と言えば、不思議と訛は強調されない)のだが、いまはかまっていられなかった。

「こたえなさい! どうしてそんなことをした?」

誰かとけんかをしたとか、つい手がでて怪我をさせてしまったとかなら、ほめられたことではないにせよ理解はできる。けれど陰口で誰かをおとしめるというのはまったくべつな話だ。

「急に喋れなくなった？　何とか言いなさい！」

藍洙は、それでもまだすこし期待していた。息子が否定するか、すくなくとも「大輝くんなりの理由」を述べてくれるものと思っていた。が、息子は鏡越しに母親を――今度はちらりとうかがうのではなく――じっとにらんで、

「じゃあ謝るよ」

と言ったのだった。藍洙は、またしても空が落ちてきたような気がする。

「じゃあ？　じゃあってどういう意味よ」

「じゃあ、じゃあはなしで謝るよ。ごめんなさい。もういいでしょ」

「よくない！」

藍洙は、そばをすり抜けようとした息子の腕をつかんだ。この子はやさしい子だ。すくなくとも藍洙の目にはそう見えていた。自分も夫も上手に子育てをしていると思っていた。

「お母さんに謝っても仕方ないでしょ。その子に謝りなさい。それからクラスの子たちにも」

目を見て言い聞かせたが、大輝の返事は、

「いやだ」

だった。

「気持ちの悪いやつなんだもん。ジゴウジトクだよ」
藍洙は二の句が継げなかった。

新学期が始まってからの一か月はばたばたといろいろなことが起り、思うように課題もこなせずストレスフルだったと葉月は思う。自室の掃除すらままならなかったので、部屋のあちこちに埃がふわふわ固まっている。一階の戸棚から掃除機をとってきた葉月は、それを作動させる前に、床に積んである本をすべてベッドの上に移動させた。そうしてしまったあとになって、先にシーツをひきはがして洗濯機に入れるべきだったと気づく。が、やり直すのは億劫だったので、とりあえずそのまま掃除機のスイッチを入れた。

今月に入って起きたばたばたの内訳としては、まず大家が転んで大腿骨を折った。気丈な彼女は自分で救急車を呼んで病院に運ばれたのだが、親戚がみんな遠くに住んでいるので、葉月が近親者に指名された。手術があり、入院が続き、リハビリについての説明や同意があってという日々のあいだ、葉月は病室にパジャマや下着を運び、推理小説や化粧道具や、その他大家の希望するものを何であれ運び、大家の息子やポーカー仲間に連絡し、大家といっしょに医師の説明を聞いた。骨折自体は命にかかわるものではないにしても、高齢の患者の場合は体力の低下から今後の生活に支障をきたすかもしれず、認知能力に影響がでる可能性もある、と言われたときには不安で気持ちがざわざわしたし、ロンドンから見舞に来た息子が一週間も滞在せずに帰ってしまったときには、なんだか納得がいかなかった。が、大家は無事に日々回復しつつあり、葉月の見たところ、認知能力にも問題なさそうで、いまでは病室でポーカーに興じている。

二つ目は、外国人留学生の相談相手という仕事が混乱をきわめたことだ。夏休みに一時帰国してデンマークに戻れなくなった学生や、戻って来たのに授業がオンラインであることに不満を持つ学生一人一人に、納得のいく説明をすることは難しい。相談自体もオンラインなので海外だと時差があり、アポイントメントの調整をするだけでも厄介で、ときにはどうしても夜中や早朝に、話をする羽目になってしまう。

絶対に帰国しないと言っていたインド人留学生のアーナヴが帰ってしまったことも、この秋の淋しい出来事の一つだった。アーナヴは末っ子で、両親が「おじいちゃん、おばあちゃんくらいの年」なのだそうで、心配だから帰ることにしたと、あっさり報告してくれた（大家の息子に聞かせてやりたいと思ったが、そんなことを言えば自分にもおなじ火の粉がふりかかってくるので、葉月としては、人にはそれぞれ事情があるのだと思うしかなかった）。

三番目の、いちばん困惑させられるばたばたは学部生のころにすこしだけつきあった、と言えるかどうかわからないが、すくなくとも数回寝た、いまは父親の経営する産業ロボットの部品工場で働いているマッツで、どういうわけか、また頻繁に連絡をくれるようになった。最初はメイルで「生きてる？」というのが来て、次は電話で、「夕食でもどう？」になった。とくに心躍る誘いではなかったものの、なつかしかったし、街から人が減っていて心細くもあり、葉月は応じた。そのあと大家の入院騒動があり、病院に荷物を運び込むとき、何度か彼の車に乗せてもらった。それだけのことだが、いまも互いに連絡をとり合っていて、夕食をいっしょにすることもあり、この状態の意味するものが、葉月にはよくわからない。とくに謎なのは毎晩寝る前にかけ合っている電話で、互いに一日の出来事を話し、おやすみと言って切るのだ。葉月の考えでは、そういうことをするのは恋人同士のはずで、けれど自分とマッツがそれであるような気は全然しない。これからそうなっていくことを自分が望んでいるとも思えないのに、寝る前の電話だけが習慣になってしまった（電話はたいていマッツからかかってくるが、たまにかかってこない日があると気になってつい待ってしまい、待っている状態が嫌で、こちらからかけたりもしてしまう）。習慣というのはおそろしいと葉月は思う。

掃除機をかけ終え、本の山をベッドから床に戻す。部屋の隅に置いてある段ボール箱に目が留まり、葉月はつい微笑む。祖父から贈られた本の入ったその箱のふたは閉じられており、葉月の位置から中身は一つも見えないのに、M玉たまねぎと印刷された箱の周囲だけ、空気がはっきりと日本だったからだ。

ベッドからシーツと枕カバーをひきはがし、一階に持っておりて洗濯機に押し込む。外が晴れていて、まだ午後早い時間であることがうれしかった。洗濯機が乾燥まで自動でやってくれるのだから、時間も天気も関係ないのだが、洗濯は晴れた昼間にすべきという気分が葉月にはある。これからスーパーマーケットで粒マスタード（大家のリクエスト）を買って病院に行く予定だ。粒マスタードはすでに二度差し入れているのだが、おそろしい消費量で（彼女が言うには、それなしで病院の食事を胃に収めることは不可能）、すぐに空になってしまう。

そうだった、と朗子は思いだしている。はじめての相手と寝るのは、こうも新鮮なことなのだった。たぶん緊張していたのだろう、ホテルの部屋に入るなり唇をふさがれたときには、こういう場合の正しい反応（というものがもしあるなら）を思いだせずに、困って、若い娘みたいにくすくす笑ってしまった。が、もう若い娘ではないので、そのあとはまず相手のシャツを脱がせ、自分の服も率先して脱いだ。唇を離さずにそれらをする（とくにジーンズを脱ぐ）と滑稽なステップを踏むことになり、互いに相手がよろけるたびに背中を支えなくてはならないが、朗子は自分の身体がごく自然にそのプロセスを思いだしたことに満足する。そして、ベッドに倒れ込んだときの解放感と自由。ここにあるのは自分と相手の肉体だけで、他には誰も、何も、存在しない。ある意味でおずおずと、けれど互いの寛大な了解の元に探険する未知の肉体を、朗子はゆっくりと味わった。またやってしまったという苦い気持ちが胸をかすめないではなかったが、ずっと昔の自分とは違って、今夜の出来事に快楽以上の意味がないことを、いまの朗子は知っている。

夕食の店には三人で行った。職場を去年離れた女性と、彼女のかわりに入った高野幸哉と。それまで半導体を製造する会社に勤めていたという高野がなぜ四十代の半ばになって、いきなりスポーツクラブに転職してきたのかは謎だが、厨房スタッフとして優秀だし、誰に対してもはっきりと物を言うところが、朗子は気に入っていた。

いま、その高野は冷蔵庫からだした（というか、買った）缶ビールをのんでいる。裸のまま、ヘッドボードに上体をあずけて。

「シャワーを浴びてくるわね」

朗子が言い、年齢の割に白髪の多い頭部に唇をつけると、

「問題ないよね？」

と訊かれた。シャワーの話ではないことがわかり、

「まったく問題ないわ」

と朗子は請け合った。行為のさなかに「こうなると思ってた」と囁かれ、「知ってたわ」と朗子はこたえたのだったが、いまのはつまり、そのやりとりの続きなのだ。私たちは大丈夫。これまで通りだし、それで何の問題もない。

若くない人間には二種類いるのだと、いつからか朗子は思うようになった。他人とのあ

いだには何が起きるかわからない、と考える人間と、他人とのあいだには何も起こるはずがないと考える人間の二種類で、おなじ場所にいても、前者同士にはすぐに見分けがつく。だからといって何も変らないし、ただときどきこうしてその事実を確認し合うだけなのだが——。

化粧道具は持っていないので、手早くシャワーだけ浴びる。見馴れないバスルームは中途半端に広くあかるい。

部屋に戻ると、高野は眠ってしまっていた。朗子が身仕度を整え終えても目をさまさなかったので、

「私は帰るけど、泊っていく？」

と声をかけてみる。延長料金がかかるだろうが、追い出されはしないだろう。

「いや、帰る」

けれど高野はそう言った。

「待って。いますぐ服を着るから」

と眠たそうに。

朗子はベッドに腰掛けて待った。通勤用の大きなトートバッグの持ち手部分にぶらさげた、針金細工の犬に触れる。なんとなく気に入って、母親の遺品のなかから一つだけ、手元に残しておいたものだ。

「電車、まだ余裕でまにあうな」

ジーンズに脚を入れながら、高野が言った。

*

バーラウンジをでてエレベーターホールに向って歩きながら、重森勉は自分の身体を妙に軽く感じた。酔ったという感じではないし、あれしきの酒で自分が酔うとも思えなかったが、まあ、身体があたたまる程度にはのんだのだろう。

トイレと喫煙室の前を通りすぎると、そこはソファとテーブルが幾つか置かれた、ごく小ぶりなロビーのようになっていた。バーの喧噪もピアノの音も、ここまでは届かない。なんだか現実感がないなと勉は思う。無人で無音の応接セットは家具というより模型のようで、空間そのものがどこか不自然に見える。片側の壁が一面ガラス張りで、視界に収まりきれないほどの夜景が広がっていることも、非現実感を際立たせた。が、知佐子はその夜景に吸い寄せられるみたいにガラスに近づいて行く。短く切り揃えられた白髪、赤いセーターに黒いスカート、肌色よりわずかに褐色がかったストッキングに包まれた脚の先には、男っぽい黒いローファー靴。昔からよく知っている女のうしろ姿に、勉は思いがけず感心する。動きがきびきびしていて、ある種優雅だったからだ。ばあさんになっても姿勢がいい人間というのはいるものなのだなと思う。

「見て、きれいよ」

　まるで、うしろに立っている男二人には窓の外が見えていないかのように知佐子は言った。

「きれいね、東京」

　とも。東京だけではなく千葉も神奈川も見えるはずだし、何でも主観的に見るのはあんたの悪い癖だよ、と勉は思ったが、口にはださずにおいた。いまさら癖を直したところで仕方がないし、実のところ、そう悪い癖でもなかったのかもしれない。癖というのは結局のところ個性で、そうであるならば、自分は知佐子のそれを、たぶん好んでいたのだろう。

　ガラスにはりつくように立っている知佐子を、勉も無言で待った。自分同様、ソファに坐りもせずに所在なげに立っている完爾を見て、勉はふいに合点がいった。現実感がないのはこの空間ではなく自分たちの方なのだ。夜景も応接セットも揺るぎなくここにあり、あしたもあさっても、その先もずっと（すくなくとも当分のあいだ）あり続ける。

「ごめんなさい、お待ちどおさま」

　夕方現れたときとおなじ小走りで、知佐子が戻ってくる。何か言わないと気づまりな気がして、

「ちょこまかちょこまか、あんたはよく動くね、昔から」

と勉は呆れ声をだしてみた。

篠田完爾は、自分がほんとうに落着いているらしいことにわずかな悲しみを覚える。恐怖なり逡巡なり、自分をこの世にひきとめるものがたぶん最後まであるのだろうと思っていたが、そんなものはないのだ。が、気分は悪くなかった。実際、ここ何年もなかったほど身体も意識も一致して澄んでいて、あれほど悩まされた疲労感もなく、状況を考えれば滑稽としか言いようがないが、いまなら大抵のことはできそうに思える。薬をのむのをやめたせいかもしれない。アムロジンとかレンドルミンとか、アモキサンとかプラビックスとか。来る日も来る日も朝に晩にのみ続け、もはや完爾の人生の一部と化していたあれらの錠剤を、自分はもう二度とのむ必要がないのだ。心なしか、視覚まで冴え冴えとしている。目のよかった子供のころにはもしかするとこうだったのかもしれないと思うほど、物の色や形が鮮明に見え、おもしろいなと完爾は思う。目の前であいたエレベーターの、狭く四角い空間の壁や床や階数ボタンや、旧友二人の表情や衣服や皮膚のくたびれ具合や――。ドラッグで高揚すると世界が鮮明に見えると聞いたことがあるが（完爾にそれを教えてくれたのは六〇年代に活躍したイラストレーターで、違法な文化に詳しく、本人もかなり深入りしていた）、違法ドラッグなしで（というより合法の薬すらやめたことで）おなじ効果があるなら安あがりだ、と思って完爾は苦笑する。

「いままで言ったことがなかったけど」

勉が突然口をひらいた。

「俺は二人に感謝してるよ。いや、今回のことだけじゃなくて、ずっとさ、あんたがたみたいなのとおなじ時代を生きられてよかったと思ってる」

「やめて」

知佐子がぴしゃりと言う。

「しんみりしちゃうじゃないの。そんなこと、言われなくたってわかってるわ」

完爾もまったく同意見だった。

「もうすぐ新年ね」

声をあかるくして知佐子が言った。

「どんな年になるのかしらね」

完爾は娘と息子の顔を思い浮かべる。それぞれの配偶者や、かなりいい子に育ったと思っている孫の顔も。いまごろそれぞれの場所で、正月を迎える準備をしているだろう。そして、まだしばらくこの世を生きるだろう。

扉があき、三人は客室フロアを自分たちの部屋に向って歩いていく。もうすぐ終ると完爾は思い、ホテルなんてひさしぶりだなと勉は思った。そして知佐子は男性二人をかわるがわる眺め、またしても、二人ともりゅうとしている、と思った。

初出　「小説新潮」二〇二〇年四月号～二〇二一年七月号

著者紹介

1964年東京都生まれ。87年「草之丞の話」で「小さな童話」大賞、89年「409ラドクリフ」でフェミナ賞、92年『こうばしい日々』で坪田譲治文学賞、『きらきらひかる』で紫式部文学賞、99年『ぼくの小鳥ちゃん』で路傍の石文学賞、2002年『泳ぐのに、安全でも適切でもありません』で山本周五郎賞、04年『号泣する準備はできていた』で直木賞、07年『がらくた』で島清恋愛文学賞、10年『真昼なのに昏い部屋』で中央公論文芸賞、12年「犬とハモニカ」で川端康成文学賞、15年『ヤモリ、カエル、シジミチョウ』で谷崎潤一郎賞を受賞。他の著書に『ちょうちんそで』『彼女たちの場合は』『去年の雪』など多数。小説のほか詩やエッセイ、翻訳も手掛けている。

ひとりでカラカサさしてゆく

発　行……2021年12月20日

著　者……江國香織（えくにかおり）

発行者……佐藤隆信

発行所……株式会社新潮社

〒162-8711　東京都新宿区矢来町71

電　話　編集部03-3266-5411
読者係03-3266-5111

https://www.shinchosha.co.jp

装　幀……新潮社装幀室

印刷所……大日本印刷株式会社

製本所……加藤製本株式会社

乱丁・落丁本は、ご面倒ですが小社読者係宛お送り下さい。
送料小社負担にてお取替え致します。
価格はカバーに表示してあります。

ISBN978-4-10-380811-4 C0093